最美逆行者

李兰娟援鄂全纪录

● 尹 立 陶明兰 李 芳 李 翌 邹 芸 编著

长江出版传媒
湖北科学技术出版社

《最美逆行者——李兰娟援鄂全纪录》
编委会

主　编：尹　立　陶明兰　李　芳　李　翌　邹　芸
副主编：宋　茜　谢　晨
编　委：尹　立　陶明兰　李　芳　李　翌　邹　芸
　　　　宋　茜　谢　晨

序：是院士　更是战士

己亥庚子之交，一场惊心动魄、气壮山河的伟大斗争，让历史永远铭记武汉。新冠疫情是百年来全球发生的最严重的传染病大流行，是新中国成立以来我国遭遇的传播速度最快、感染范围最广、防控难度最大的重大突发公共卫生事件。

全国 42322 名援鄂医疗队成员在以习近平同志为核心的党中央号令下，迅速集结出征，驰援湖北，同本地医务人员并肩作战，创造了一个又一个生命奇迹。其中，一位 73 岁的老人让人动容，她叫李兰娟，从 2003 年抗击非典，到 2013 年防控人感染 H7N9 禽流感，再到此次阻击新冠疫情，始终冲在第一线。在抗疫这场艰苦的斗争中，作为我国唯一一位感染病（传染病）临床学科的女院士，她牢记习近平总书记关于＂把人民群众生命安全和身体健康放在第一位，坚决遏制疫情蔓延势头＂的号令，积极响应，主动向国家卫健委请战，奋不顾身“向疫区逆行”，她无疑是当之无愧的“国士出征”， 为挽救同胞于水火，舍生忘死，亲身赴难，她是院士，是斗士，更是战士。

李院士脸部布满压痕的一张照片冲上了热搜第一，让无数网友心疼，纷纷发来真切问候：“兰娟奶奶辛苦了，请保重好自己！”一位 60 多岁的梅婆婆出院时，满含热泪向李兰娟鞠躬致谢：“感谢你们帮助武汉人！一定要多保重身体，还有很多病人需要你们！”在踏上返程之路时，治愈患者以及来自医院、社区的工作人员不忍离别，纷纷落泪；武汉天河机场候机大厅来送别的人们向她致以热烈的掌声，经久不息。武汉大学人民医院院长王高华说，在最困难的时刻，“援鄂重症新冠肺炎诊治李兰娟院士医疗队”不远千里主动驰援，不仅给医务人员带来了莫大的鼓舞和信心，也给武汉带来了战胜疫情的必胜信念。武汉大学人民医院为李兰娟院士赠送了一幅字画“中华脊梁”。

本书以2020年新闻报道为素材，真实记录李兰娟院士参与抗击新冠疫情的历程，通过对新闻报道的归纳、梳理，全景式、全方位还原李兰娟院士的那艰苦而又难忘的时光。全书分为三个部分，第一部分“新冠突袭　逆行出征”，记录了从疫情伊始到奔赴武汉抗疫前的这段时间，李院士虽不在武汉，但心系疫情，往复奔波；第二部分“惊心动魄60天”完整呈现了李院士来到武汉抗疫的点滴历程；第三部分“离汉回杭　院士心里一直牵挂着湖北”讲述了李院士回到杭州后依旧为疫情奔波的故事。

以李兰娟为代表的鲜活个体，用他们的故事，组成了这场斗争的宏大叙事，也挺起了民族在危难时刻最坚强的脊梁。中华民族，是一个在苦难中成长起来的民族，尤其是在近现代的发展历程中，我们一步步从屈辱走向自强。这次疫情，再一次证明了坚强的中国人民是打不垮、压不倒的。这种源源不断的内在精神动力，也必将让民族走向富强，走向更加伟大的复兴和胜利。

目录

第一部分

新冠突袭 逆行出征

第二部分

惊心动魄60天

第三部分

离汉回杭　院士心里一直牵挂着湖北

第一部分

新冠突袭
逆行出征

2019 年末，一场突如其来的新型冠状病毒肺炎（2022 年 12 月统一改为新型冠状病毒感染）疫情袭扰武汉并波及全国，中国共产党和中国政府高度重视，迅速行动，集中全国资源和力量驰援湖北省。来自全国各地的医务工作者，人民解放军、人民警察、基层干部、社区工作者、机关事业单位干部职工、志愿者等，在各自的战斗岗位上，谱写着一曲英雄的抗疫之歌。

在疫情袭来时，一大批专家挺身而出，承担重任，他们不仅学术高超、技艺精湛，还是勇敢担当、为国为民的大英雄。他们冒着被感染的风险挺进疫情严重地区，为我国科学防控疫情提供重要的医疗支撑。李兰娟院士就是其中的一位。

从疫情消息传出开始，李兰娟院士就一直关注着疫情的发展，几地奔波，奋战在一线，还和钟南山院士一起揭示了新型冠状病毒“人传人”。2020 年 1 月 28 日，新华社发布了《此刻，他们堪称“国士”》的文章，李兰娟、钟南山、王辰三位院士被誉为“国士”。他们是院士，也是战士。

正如习近平总书记在湖北省武汉市考察新冠肺炎疫情防控工作时所指出的：在湖北和武汉人民遭受疫情打击的关键关头，广大医务工作者坚韧不拔、顽强拼搏、无私奉献，展现了医者仁心的崇高精神，展现了新时代医务工作者的良好形象，感动了中国，感动了世界。

2019年12月30日—2020年1月12日

武汉出现不明原因肺炎

2020年1月1日，国家卫生健康委成立疫情应对处置领导小组。1月2日，国家卫生健康委制定《不明原因的病毒性肺炎防控“三早”方案》；中国疾控中心、中国医学科学院收到湖北省送检的第一批4例病例标本，即开展病原鉴定。

1月3日，武汉市卫生健康委在官方网站发布《关于不明原因的病毒性肺炎情况通报》，共发现44例不明原因的病毒性肺炎病例。国家卫生健康委组织中国疾控中心等4家科研单位对病例样本进行实验室平行检测，进一步开展病原鉴定。国家卫生健康委会同湖北省卫生健康委制定《不明原因的病毒性肺炎诊疗方案（试行）》等9个文件。当日起，中国有关方面定期向世界卫生组织、有关国家和地区组织以及中国港澳台地区及时主动通报疫情信息。

1月4日，中国疾控中心负责人与美国疾控中心负责人通电话，介绍疫情有关情况，双方同意就信息沟通和技术协作保持密切联系。国家卫生健康委会同湖北省卫生健康部门制定《不明原因的病毒性肺炎医疗救治工作手册》。

1月5日，武汉市卫生健康委在官方网站发布《关于不明原因的病毒性肺炎情况通报》，共发现59例不明原因的病毒性肺炎病例，根据实验室检测结果，排除流感、禽流感、腺病毒、传染性非典型性肺炎和中东呼吸综合征等呼吸道病原。中国向世界卫生组织通报疫情信息。世界卫生组织首次就中国武汉出现的不明原因肺炎病例进行通报。

1月6日，国家卫生健康委在全国卫生健康工作会议上通报武汉市不明原因肺炎有关情况，要求加强监测、分析和研判，及时做好疫情处置。

1月7日，中共中央总书记习近平在主持召开中共中央政治局常务委员会会议时，对做好不明原因肺炎疫情防控工作提出要求。

1月7日，中国疾控中心成功分离新型冠状病毒毒株。

1月8日，国家卫生健康委专家评估组初步确认新冠病毒为疫情病原。中美两国疾控中心负责人通电话，讨论双方技术交流合作事宜。

1月9日，国家卫生健康委专家评估组对外发布武汉市不明原因的病毒性肺炎病原信息，病原体初步判断为新型冠状病毒。中国向世界卫生组织通报疫情信息，将病原学鉴定取得的初步进展分享给世界卫生组织。世界卫生组织网站发布关于中国武汉聚集性肺炎病例的声明，表示在短时间内初步鉴定出新型冠状病毒是一项显著成就。

1月10日，中国疾控中心、中国科学院武汉病毒研究所等专业机构初步研发出检测试剂盒，武汉市立即组织对在院收治的所有相关病例进行排查。国家卫生健康委、中国疾控中心负责人分别与世界卫生组织负责人就疫情应对处置工作通话，交流有关信息。

1月11日起，中国每日向世界卫生组织等通报疫情信息。

1月12日，武汉市卫生健康委在情况通报中首次将“不明原因的病毒性肺炎”更名为“新型冠状病毒感染的肺炎”。中国疾控中心、中国医学科学院、中国科学院武汉病毒研究所作为国家卫生健康委指定机构，向世界卫生组织提交新型冠状病毒基因组序列信息，在全球流感共享数据库（GISAID）发布，全球共享。国家卫生健康委与世界卫生组织分享新冠病毒基因组序列信息。

1月13日，国务院总理李克强在主持召开国务院全体会议时，对做好疫情防控提出要求。

1月13日，国家卫生健康委召开会议，部署指导湖北省、武汉市进一步强化管控措施，加强口岸、车站等人员体温监测，减少人群聚集。世界卫生组织官方网站发表关于在泰国发现新冠病毒病例的声明指出，中国共享了基因组测序结果，使更多国家能够快速诊断患者。中国香港、澳门、台湾地区考察团赴武汉市考察疫情防控工作。

1 月 14 日，国家卫生健康委召开全国电视电话会议，部署加强湖北省、武汉市疫情防控工作，做好全国疫情防控应对准备工作。会议指出，新冠病毒导致的新发传染病存在很大不确定性，人与人之间的传播能力和传播方式仍需要深入研究，不排除疫情进一步扩散蔓延的可能性。

1 月 15 日，国家卫生健康委发布新型冠状病毒感染的肺炎第一版诊疗方案、防控方案。

2020 年 1 月 16—1 月 19 日

“最强天团”来到武汉

“李院士，武汉发现了不明原因肺炎！”

2019 年 12 月 30 日傍晚，中国工程院院士、中国传染病领域领军人物李兰娟，接到了一个紧急电话，电话那头简要介绍了一下情况：网上流传出两份武汉市卫生健康委员会（简称“卫生健康委”）的紧急通知的文件，文件显示，武汉市陆续出现不明原因肺炎患者。

“现在有多少人感染？患者是什么症状？是否有人传人的现象？”出于几十年的职业敏感，李兰娟院士发出一连串的疑问。

“有人传言说是 SARS，极有可能是类似的冠状病毒。”

李兰娟深知，新发传染病始终是全球安全的重大威胁和人类面临的严峻挑战，一旦控制不力，将会造成无法挽回的损失。

“一定要密切关注！”李兰娟说。

此时，在武汉，SARS 卷土重来的消息也传开了，恐慌的情绪在民众之间蔓延开来。

2019 年 12 月 31 日 13 时 38 分，武汉市卫生健康委在其官网发布情况通报，称目前已发现 27 例病例，其中 7 例病情严重，初步检测分析认为上述病例系病毒性肺炎。目前对病原的检测及感染原因的调查正在进行中。

连续几天，李兰娟都没有睡过一场好觉，她不停地通过各种渠道了解武汉疫情的信息。

此时，几乎全国的传染病专家都把目光投向了武汉，投入到这场战斗中。

2020 年 1 月 16 日，湖北省疾控中心收到国家下发的试剂盒后，开始对武汉市送检的不明原因的病毒性肺炎患者的标本进行病原学检测。确诊患者的数量逐渐增多。

虽然疫情看起来还在可控的范围之内，但这几天发展的情况让李兰娟心里焦虑不安，很多疑惑亟待解开。2020 年 1 月 17 日，她直接打电话到国家卫生健康委员会，主动提出申请：要求同意她到武汉去协助研判疫情。

要知道，此时的武汉已经十分危险了，但李兰娟作为专家必须到一线实地考察。

苟利国家生死以，岂因祸福避趋之。对于“身经百战”的李兰娟来说内心已无畏惧，每次面对未知的病毒，都做好了冒着生命危险上一线的心理准备。

2020 年 1 月 18 日下午，李兰娟接到了通知，她和钟南山等 6 位专家作为国家卫生健康委高级别组专家的成员，紧急前往武汉研判疫情。

这次派出的专家被誉为“最强天团”：中国工程院院士、广州医科大学呼吸内科教授钟南山从广州出发；中国工程院院士、传染病学专家、人工肝技术的开拓者、国家传染病重点学科带头人李兰娟从杭州出发；中国工程院院士、香港大学微生物学系讲座教授袁国勇从香港出发；中国疾控中心流行病学首席科学家曾光，中国疾病预防控制中心主任、中国科学院院士高福，北京协和医院内科重症医学科主任杜斌等人从北京出发。他们的目的地都一样，就是武汉。

2020 年 1 月 18 日，钟南山院士在高铁餐车上闭目休息的照片感动了无数人。钟院士的车票显示：二等座、票价 465.5 元、无座、补票。身份证号显示 1936，乘车人已经 84 岁高龄。

从杭州出发的 73 岁的李兰娟和钟院士的“待遇”也差不多，因为春节期间机票和高铁票全都无票，李兰娟和她团队的 2 位专家只能坐在两节车厢中间供列车员休息的一个小空间里，一路挤到了武汉。

2020 年 1 月 18 日晚到达武汉后，李兰娟就立即与当地医院院长和有关专家交流。

“请你告诉我，有没有医护人员感染的情况？”李兰娟浓厚的吴侬软语江浙口音中带着严肃。

“是的，已有医务人员被感染。”答案不出意外。李兰娟取得了“人传人”的证据，意识到问题的严重性。

她认为只要有医护人员感染，就可以推断出病毒存在人传人现象。因为普通患者很有可能是在家庭和社会生活中有共同暴露史，或者吃了同样的食物。但是医护人员不同，她们和患者有共同暴露的可能性比较小，并不需要厘清患者传播链条就可以做出判断。而且说明病毒传染性还非常强，因为医护人员一般都会戴着口罩。

▲ 钟南山和李兰娟等人到武汉考察疫情

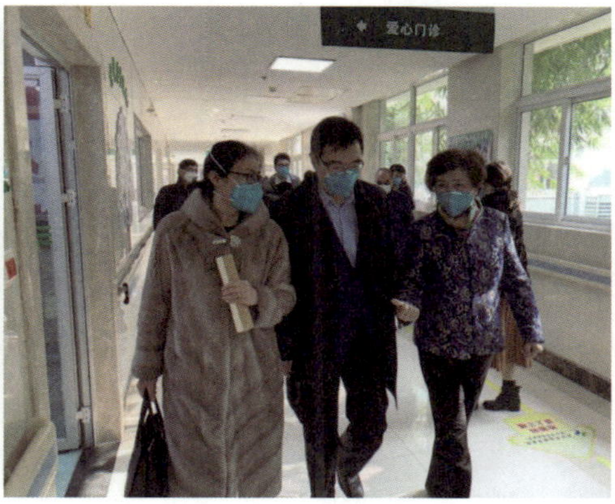

▲ 李兰娟等专家前往武汉金银潭医院和武汉市疾控中心实地了解情况

2020 年 1 月 19 日上午，李兰娟和钟南山等 6 位专家组成员听取汇报，并和武汉市、湖北省负责公共卫生的领导进行了交谈。

当日下午，国家卫生健康委高级别组专家成员召开闭门会议，开会讨论、研究。

会上，6 位专家达成了比较一致的意见。李兰娟首个发言，指出：这是一场新突发传染病流行，目前发现已有医务人员感染，说明已存在人传人，人已是传染源，需要隔离，故建议必须由卫健委立即向国务院报告，建议按照按乙类传染病甲类管理才能依法隔离，武汉要不进不出防止向全国蔓延。

当时，国家卫生健康委医政医管局的领导也参加了闭门会议。在听到各位专家的发言后，还没等会议结束，相关领导就电话向北京的国家卫生健康委领导进行了汇报，其中最核心的一个内容就是：肯定存在人传人现象。

会议于下午 5 时结束，还没来得及休整的专家组，又登上了飞往北京的飞机，在病毒面前，一分一秒都格外珍贵。到达北京后，刚入住酒店的专家组又接到国家卫生健康委的通知，马上进行紧急会议。

1月20日

新冠肺炎按照乙类传染病甲类管理

就在专家们在武汉考察的两天里，武汉新增确诊 136 个感染病例。此后北京、广东、上海等地相继报告确诊病例。

这是一个十分危险的信号！为何病例突然之间增加并在全国多地发现？国家卫生健康委高级别专家组回应说，病例增多的原因是多方面的，其中之一就是现在的检测手段能比较快地检测出来。

2020 年 1 月 20 日上午 7：30，距农历除夕只有 4 天，北京天气晴朗，天空中的云朵若隐若现，上班族们和往常一样乘坐地铁赶去上班，胡同里的老北京开始置办年货。

北京西长安街中南海的会议室里，气氛有些肃穆。

上午 8：30，国家高级别专家组 6 位成员，来到了中南海，向国务院汇报工作。孙春兰副总理详细听取了高级别专家组每个人对疫情研判的汇报。

孙春兰和国家卫生健康委的领导都十分坦率，直言让专家们不必忌讳，就按考察真实的情况说明。

对于疫情的判断和控制，6 位高级别专家组给出了几项十分具体的意见和控制方法。

第一，事态已经十分严峻，肯定有人传人现象发生，要引起高度重视，一定要立刻采取各种防控措施。

第二，在武汉的人尽量不要外出，外面的人不要去武汉，而武汉要不进不出把疫情控制在武汉，尽量不要向全国播散。

专家们还提出 4 个“早”：早发现、早诊断、早隔离、早治疗，尽量让患者不要再传播给第二代、第三代人，导致疾病蔓延。要按甲类传染病管理，严格防范。

乙类传染病按照甲类传染病的预防控制措施进行管理，这意味着各地、各部门和各级各类医疗卫生机构可以依法采取发热患者筛查、确诊和疑似病例的隔离治疗、密切接触者隔离医学观察，以及其他更加严格的防控措施，有效控制疫情扩散蔓延。

回想起 2003 年春天“非典”战疫。

2003 年 4 月的一天下午 5 时，时任浙江省卫生厅厅长的李兰娟听取了下属的紧急汇报：浙江出现了 3 例可疑“非典”患者！李兰娟立即赶赴现场，认真研判，认准可能是输入的“非典”病人。经向省委主要领导汇报，时任省委书记习近平当机立断英明决策，做出 5 点指示：抓紧确认病人病症；全力救治病人；果断采取严格的隔离、留验、消毒等措施；全面启动应急预案；疫情确认后，迅速上报并及时对外公布。李兰娟迅速向大家传达习书记的指示并认真执行。

次日凌晨 5 时，李兰娟已经按照习书记指示立即实施了 5 条措施：一是迅速将 3 位患者转运至传染病定点医院隔离治疗，全力救治；二是请公安部门配合疾控中心，把接触过的人统统找出来并隔离起来；三是通知她的科研团队立即采样，对 SARS 病毒学及发病机制进行研究；四是凌晨 5 时她告诉下属，汇总一下资料，立刻向民众公开具体信息！次日凌晨 5 时，浙江省卫生厅发出了公告。还没等民众反应过来，向社会发布浙江疫情控制情况及措施，民众不必恐慌，患者及密切接触者均已隔离。五是立即启动了应急方案。

不到 24 小时，隔离了 1000 多例密切接触者。随后，只要是接触过患者的，也全部被隔离。“非典”期间，整个浙江省被隔离观察的人数有 11 万人以上！

后来的事实证明，习书记的英明决策、李兰娟坚决执行这一系列强有力的措施是对的，SARS 期间浙江没有出现第二代患者，也没有医护人员感染。

孙春兰副总理听取了各位专家汇报，了解到具体的情况后，上午 10 时又请去钟南山和李兰娟参加上午随后召开的国务院常务会议，会议上，专门加了一项部署新型冠状病毒肺炎疫情防控工作。

2020 年 1 月 20 日上午，李克强总理主持召开国务院常务会议。列席席位上出现了两张“新面孔”：钟南山院士与李兰娟院士。会上，李克强总理传达了习近平总书记关于“把人民群众生命安全和身体健康放在第一位，坚决遏制疫情蔓延势头”的指示。李兰娟听到习近平总书记指示感到特别亲切，似乎又回到了 2003 年的 SARS 时代，习近平总书记指示也给了她以后一切行动的方向和动力。

“下面请两位专家发表意见。”当有关部门和地方负责人汇报完疫情的最新进展后，李克强点名两位专家发言。

钟南山就如何遏制疫情扩散等提出具体建议。李兰娟就加强疫情防控与救治等提出具体建议。

李克强总理对两位专家的意见和建议给予了充分肯定，他说：“今天我们邀请两位专家，就是要从科学角度认真研判，以便更有效地防范应对此次疫情。感谢两位专家提供的专业咨询意见，这对我们下一步如何科学决策非常重要。”

此项议题结束后，两位院士起身离开，李克强总理和孙春兰副总理特意到会议室外送别两位专家。

当天会议还决定，要认真落实习近平总书记坚决遏制疫情蔓延势头的指示，并依法将新型冠状病毒肺炎纳入甲类传染病管理，按照多部门联防联控机制和突发公共卫生事件应急预案，进一步做好防控工作。坚决遏制疫情扩散，落实属地责任。武汉市要严格落实防控措施，把好相关市场关闭、野生动物管控和机场、车站、码头等体温筛检关口。各地要因地制宜落实重点场所和公共交通工具的通风、消毒等必要措施，同时加强监测和预检分诊，确保疫情及时发现、有效处置。

2020 年 1 月 20 日下午，国务院联防联控机制召开电视电话会议，对新型冠状病毒肺炎疫情防控工作进行全面部署。国家卫生健康委成立应对处置工作领导小组，指导地方做好疫情应对处置工作。

孙春兰副总理出席会议并讲话。孙春兰副总理强调，新型冠状病毒肺炎已纳入乙类传染病采取甲类传染病管理，各地要落实政府责任、强化属地管理，依法落实疫情监测、隔离救治、检验检疫等各项防控措施。武汉要采取更严格的举措，内防扩散、外防输出。加强防控技术科研攻关，坚持中西医结合，尽快明确诊疗程序、有效治疗药物、重症患者抢救措施。要严格零报告制度，公开透明发布信息，普及防控知识，做好与国际社会沟通合作。

2020 年 1 月 20 日，武汉公布设置发热门诊医疗机构和定点救治医疗机构名单。

专家组的建议得到了全面支持，这一天，成了武汉疫情控制的重要时间点，从这天起，全国的警报一下就拉响了。

“这是习近平总书记非常重大的英明决策，对疫情控制做非常重要的定位。”李兰娟说。

2020 年 1 月 20 日下午 5 时，国家卫生健康委在北京召开媒体通气会，针对新型冠状病毒肺炎疫情有关防控情况，国家卫生健康委高级别专家组钟南山、李兰娟、高福、袁国勇、曾光等就公众关心的问题回答了记者提问。

▲ 2020 年 1 月 20 日下午 5 时，媒体通气会上公布新冠病毒存在人传人现象

在记者会上，专家们把疫情研判的情况，尤其是疫情存在人传人现象通过新闻界向全国公开。

钟南山表示，新型冠状病毒肺炎疫情形势呈现 3 个特点：第一个特点是，在全国四五个省市，还有两个外国地区都发现有感染的情况，但是 95% 以上的都跟武汉有关系，去过武汉，或者从武汉来；第二个特点是，已经证实了有人传人现象，是在两个地方，一个在广东，一个在武汉；第三个特点是，已经证实了有医护人员的感染。

李兰娟指出，出现发热、咳嗽症状的患者应尽快到发热门诊接受检测。武汉地区的患者更要到发热门诊去检测是不是感染了新型冠状病毒。其他地区患者，我们有流行病学检测，如果没接触过从武汉来的人，或者没有去过武汉，一般来讲，感染的可能性就比较小。但是只要是发热，只要是病毒感染，还是要到发热门诊去接受检测。阳性患者要严格隔离，防止人传人。武汉医务人员在第一线很辛苦，希望大家要关爱他们。

1月21日

科学防控成立科研攻关专家组

2020年1月21日，农历腊月二十七，疫情的消息迅速发酵，病毒带来的恐惧覆盖了传统农历春节喜庆的气氛。

为应对疫情，国家卫生健康委在1月21日发布1号公告，将新型冠状病毒肺炎纳入《中华人民共和国传染病防治法》规定的乙类传染病，并采取甲类传染病的预防、控制措施，将新型冠状病毒肺炎纳入《中华人民共和国国境卫生检疫法》规定的检疫传染病管理。

当日起，国家卫生健康委开始每日通报前一天的全国疫情数据。截至1月20日，4个省份累计报告新冠肺炎确诊病例291例，其中湖北省270例。

对于身在北京的李兰娟来说又是忙碌的一天。21日上午，李兰娟赴国家卫生健康委应急防控指挥部汇报，建议应用大数据信息化手段发现和控制传染源，并带去了当时武汉海鲜市场人员流动图。下午4时，参加科技部关于新冠病毒联防联控工作机制科研攻关组会议，她在发言中指出要在病原学、发病机制、临床救治、诊断试剂、疫苗等方面加快科学研究。晚上10点飞机返杭，参加国家自然科学基金委关于新冠病毒的科研工作会议，讨论专项项目指南。

下午，科技部召开了新型冠状病毒联防联控工作机制科研攻关组第一次会议，会议由科技部副部长徐南平主持，国家卫生健康委副主任曾益新出席会议。李兰娟院士、王辰院士、张伯礼院士、陈薇院士、王福生院士等传染病、中医药、药物研发领域专家出席会议并对第一批应急项目进行咨询论证。

国家层面迅速启动应急科技攻关项目，着重在病毒溯源、传播途径、动物模型建立、感染与致病机制、快速免疫学检测方法、基因组变异与进化、重症患者优化治疗方案、应急保护抗体研发、快速疫苗研发、中医药防治等 10 个方面进行部署。

随后的几天里，第一批 8 个应急攻关项目紧急启动，经费立即拨付到位。科技部会同相关部门，全力做好应急攻关任务的组织协调，充分利用现有研发承担基础，集中力量，快速突破，强化防控诊疗技术研发和成果应用，为坚决遏制疫情蔓延势头提供科技支撑。面对未知的新冠病毒肺炎，国家层面开始了全面系统的防控和科研工作。

在李兰娟看来，人类社会发展的过程，也是和传染病斗争的历史，和当年肆虐的 SARS 不同的是，现在的中国进入了大数据互联网时代，传染源的发现控制可以依靠大数据。她提出要应用大数据信息化的手段来发现和控制传染源："我们现在是大数据互联网时代，大数据手段、健康教育、远程医疗完全可以在这样一个传染病要严格控制的场景下得到很好的应用。"

早在 2007 年，李兰娟就提出了"健康面对面"行动计划，利用计算机和新一代网络技术，构建区域数字卫生体系。2009 年，国家数字卫生项目启动，2012 年，项目通过了科技部的验收。

她所在的城市杭州加速研发并推广应用"杭州健康码"措施，健康码是以真实数据为基础，由市民或者返工返岗人员通过自行网上申报，经后台审核，生成属于个人的二维码，作为个人在本地区出入通行的一个电子凭证，实现一次申报，全市通用。浙江省大数据局副局长蒋汝忠表示，健康码是浙江省等地区利用大数据、移动互联网等手段加强疫情防控的一项创新举措，充分发挥着浙江省政府数字化转型的基础优势，是政府智慧管理手段和公民诚信体系、社会责任感的一个有机结合，为当前形势下一手抓疫情防控，一手抓复工生产，提供了有力支撑。

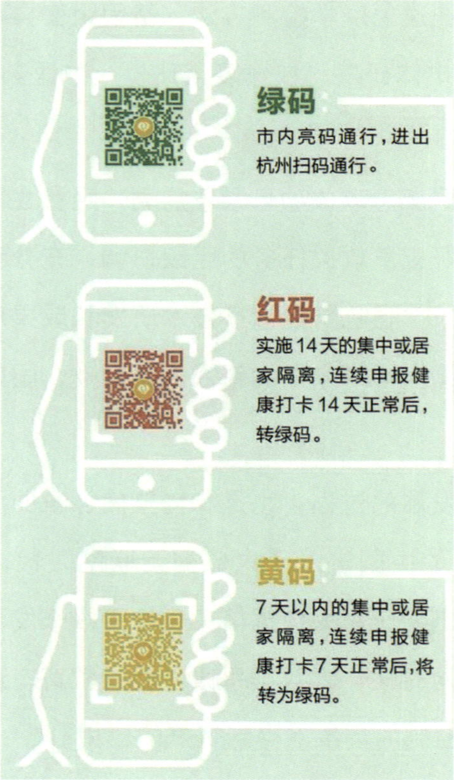

◀ 杭州健康码

杭州率先推出健康码之后，这一通行方式被迅速扩展到浙江全省，浙江是全国首个健康码全覆盖的省份。随后这一经验被推广到全国，成为后来疫情防控和流调的重要手段。

1月22日

“武汉有需要，我随时带队前往”

2020 年 1 月 21 日晚上 12 时，李兰娟连夜从北京赶回杭州。22 日凌晨，她了解到浙江省疫情情况也十分严峻，很焦急。连夜又向国家卫健委主要领导和国务院三局领导，提出关于疫情防控的建议。凌晨 3 时，她得到消息，党中央已经做出武汉封城的决定，她心中稍定，深感习近平总书记的英明决策。这一夜，李兰娟几乎没有睡觉。

早上 8 时，李兰娟又准时出现在院士门诊，为患者看病。门诊结束后李兰娟又马不停蹄地接受《都市快报》《浙医在线》记者采访，介绍新型冠状病毒肺炎疫情的防控情况。

得知李院士深夜赶回杭州，记者都有些担忧李院士的身体。李兰娟表示已经习惯了，身体扛得住。

通过媒体，李兰娟介绍了到武汉考察及北京汇报的情况。

◀ 2020 年 1 月 22 日，回到杭州的李兰娟接受媒体采访

李院士针对公众关心的话题也一一做了回应。

记者："对于新型冠状病毒肺炎患者，治疗有特效药吗？"

李兰娟："目前无特效抗病毒药物，治疗主要是对症治疗，给患者一定的营养、一定的休息。国家卫生健康委已经有一个临床治疗的方案出台。"

记者："新型冠状病毒跟当年的 H7N9 禽流感病毒相比，它发展到重症以后哪个更严重？有什么不一样？"

李兰娟："H7N9 的重症发生率比新型冠状病毒肺炎要高，H7N9 重症发生早期有百分之四十几到百分之五十的病死率，这个很高。当然后来经过我们抢救以后，减少到百分之十几，大幅度下降，但还是有这么高的病死率。现在这一次的疫情，发病的人数量已经不少了，但死亡人数还是相对比较少的，当然后期估计重症患者还会增加，还需要大家加强加大救治的力度，但从目前统计的数字来看，它的病死率比 H7N9 要低。"

记者："新型冠状病毒的潜伏期有多久？人感染之后，除了发热之外，还会有哪些症状？怎么去判断它属于新型冠状病毒？"

李兰娟："SARS 潜伏期最长为 14 天，这一次根据现在的患者统计，估计多数在 10 天以内。但这次的新型冠状病毒感染，不同的人感染后差异性比较大。有些患者感染后潜伏期比较长的，也有两三天就发病的。最长的到 10 天，我们把潜伏期预计得稍微长一点，确定为 14 天。"

记者："潜伏期内具有传染性吗？"

李兰娟："潜伏期内现在看来也有传染性，这一点要非常重视，我也了解了一些患者的情况，患者自己没有发热，早期跟他有接触的人发热了，跟他接触的人，可能后面也会有感染发热等情况。"

记者："如何检测是不是感染了新型冠状病毒？"

李兰娟："新型冠状病毒是一个新发传染病，它和其他冠状病毒相比，最主要的是病原学检测，我们现在手段很高了。过去在 SARS 的时候，最初两个月不知道是什么病原体，最后才确定是冠状病毒。但这次在很短的时间内，就认定了是冠状病毒，这个冠状病毒的基因检测序列跟原来 SARS 和 MERS

的冠状病毒序列不是完全吻合的，所以称它是新型冠状病毒。发现了以后，我们国家反应很快，确认冠状病毒序列，同时很快地就把检测试剂研究出来了。没有检测试剂，医护人员无法确诊到底是不是冠状病毒，现在我们已经有检测试剂并发放到全国，现在用专门的试剂检测一下，那就可以明确是不是新型冠状病毒感染，这也是我们现在科技能力水平提高的一个非常重要的表现。”

记者：“有了检测试剂，从样本送检到最后出结果大概要多少时间？”

李兰娟：“现在比较快，大概两三个小时就可以了，但是这个有不同的方法，有核酸检测的方法，还有测序的方法。我们确诊患者有好几道，一个是核酸的检测，然后还要测序，最后要几个部门认定再共同确诊，以免造成误诊。”

记者：“马上就到除夕了，市民吃年夜饭或春节期间聚餐，要注意哪些？”

李兰娟：“过年期间市民聚餐多，建议大家不要吃野味。提倡大家禁止野生动物买卖，要保护野生动物。对哺乳动物这方面，希望大家肉类煮熟一点，不要吃生肉。已经有新型冠状病毒的患者，都已经隔离了，接触者也在做医学观察了，整体社会还是安全的。这一点大家也不要紧张，我始终这么认为，不要弄得非常恐慌。最关键的是我们的疾控部门，我们的医疗卫生机构的医护人员，他们是比较辛苦的，守候在患者身边。我经常跟新闻媒体讲，你们要慰问一下我们的医护人员，他们才是真正奋战在第一线的、为保障人民健康在努力地工作，应该尊重医护人员。”

记者：“之前提出人传人的传播特点，能不能给市民的日常预防做一个提醒建议？”

李兰娟：“因为这是种新的疾病，我们还没有做深入的研究，按照以往的经验，这是一个呼吸道的传染病，这个是比较明确的。通过呼吸道的传播这点是比较肯定的，它主要是肺部有炎症，得肺炎以后病毒肯定是先在肺繁殖，通过呼吸道、唾沫等来传播。当然现在我们还在继续研究有没有粪便、血液这方面的传播，这块工作还在研究当中。呼吸道传播肯定存在，洗手这也是爱卫生嘛。到人很多的场合，戴个口罩，平时人少的地方也不一定要人人戴口罩，但是你到公共场合人比较汇聚的地方，或到医院的发热门诊等地方，还是要戴口罩，要加强防护。”

记者：“对于普通老百姓来说，家里可以用哪些方式进行消毒？”

李兰娟：“家里常规的话，碗筷我们现在都主张要定期用消毒机消毒，或者煮一煮，煮沸到 100℃，其他的病毒也杀死了。所以食物要吃煮熟的食物，不要吃生的食物。饭前便后要洗手，这都是日常要掌握的一些卫生知识，希望能够做好。”

记者：“能不能介绍一下，感染新型冠状病毒的患者的病程发展经过？大部分患者是轻症还是重症？”

李兰娟：“因为这是一种新的传染病，所以还在做临床的观察。据我们现在了解的情况，不同的人情况不同，发展的病程也不同。一般的话，感染以后有发热，有轻度的干咳，不是有很多的痰，然后肺部有阴影。大部分患者经过治疗就好了，核酸检测 2 次阴性，就可以出院了，有少数的人会缺氧，出现低氧血症，甚至呼吸衰竭，需要抢救，但这是少数的。也有极少数的患者起病比较急，两三天就呼吸衰竭，变成重症。所以目前总体来讲，大部分的患者还是轻度和中度的。重度有多少比例，还没有去做详细的统计，得有一定的患者数量才能统计结果。”

记者：“这一次新型冠状病毒，易感人群是哪些？”

李兰娟：“所有人都易感，老年人、免疫功能比较低下的、有慢性病的这些人，更容易感染，或者变重症。所以免疫功能比较差的人、老年人等，要更加注意防护。”

记者：“普通人需要戴护目镜吗？病毒会不会通过黏膜传播？”

李兰娟：“医护人员同患者面对面接触，那是需要加强防护的，在外面普通人就没有这个必要了。”

记者：“当年的 H7N9 是到 5 月天气暖和以后，疫情才慢慢下来的，您觉得新型冠状病毒感染，它未来的发展趋势是怎么样的？”

李兰娟：“到五六月份天气热了以后，病毒容易减少，春节前后、冬春季病毒感染容易发生，这也是一个自然界的客观规律。这个疾病是新发传染病，我们已经采取了比较好的应对措施。现在正好碰到一个春节人口大流动，所以可能病例数还会再增加。另外，我们各地有发热门诊的，要对所有的发热患者都进行检测，发现了就隔离，这样我相信能把它控下来。"

记者："病毒会发生变异，有一个发生发展的过程，那现在是处于一个什么样的阶段？"

李兰娟："感染性疾病的发展有一个过程，从被感染到病情发展再到恢复，每一个感染的人都有这么个过程。目前来讲，我们新发现的这个病毒到现在也不过就二十几天，目前仍在研究观察中。"

记者："病毒后期会发生变异吗？"

李兰娟："当然会变异了，病毒在不断地变异，这个新感染的病毒也是病毒变异的结果，以后它还会再变，变是永恒的。"

记者："病毒会变异得更加厉害吗？"

李兰娟："可能会变得更厉害，也可能变得更轻一点，这两种可能都会有的，需要我们继续观察病毒的变化。"

记者："钟南山院士提到过，最怕出现的是一个'超级传播者'，对于超级传播者如何定义？"

李兰娟："所谓超级传播，是人为的定义。像当年 SARS 的时候，有一个人被感染了以后，跑到北京，结果一个人传染了几十个人。MERS 在韩国，一个人感染后传染了 100 多个人。一个人病毒感染以后传播了很多人，专家给他取了个名字叫'超级传播者'，所以我们现在这方面还是要注意，目前我们对所有的发热患者都在密切观察，防止'超级传播者'的出现。"

记者："最重要的还是观察隔离，要观察多久才能够解除隔离？"

李兰娟："我刚才讲过潜伏期，观察的时间，现在规定一般是 1 个礼拜到 10 天，最长 14 天之后应该说就可以解除隔离了。"

记者："目前针对新型冠状病毒有特效药吗？对于抗流感常用的奥司他韦，对新型冠状病毒有用吗？"

李兰娟："抗新型冠状病毒不像其他的流感，有像奥司他韦等抗病毒效果比较明显的药。这个病毒现在没有直接抑制的特效药。我们现在也有几个药在用，包括一些中药。但这个需要专业医护人员定，老百姓自己不要去买药，更不要乱用药。"

记者："武汉那边目前有哪些科研团队和临床专家组留在那边进行研究？"

李兰娟："国家派遣的临床专家组武汉那边还是有的。武汉现在几个大医院都已经收治了很多患者，我们也有国家专家组在那边。"

记者："昨天看到说有一个专家组的医生也被感染了，一线的医护人员是感染的高危人群吗？"

李兰娟："新型冠状病毒表现为人传人的特点，医护人员感染是首当其冲的。因为医护人员天天跟患者接触，但作为医者，这是责任和担当。所以社会大众要关怀我们医护人员。"

对于接下来的行程安排，李兰娟十分坚定地表示，只要武汉有需要，随时带队前往。"国家临时组建高级别专家组，请专家去武汉对疫情未来的流行防控提出了建议和意见，中央多位领导亲自听取了专家的意见。作为传染病的专家，我们虽然都已经七八十岁了，但是有责任和义务在国家遇到紧急疫情时候倾尽力量保证国民健康安全，目前也在和团队一起加速研究。"李兰娟说，"请全国人民都放心，医护人员会努力做好预防诊治工作，尽快找到最有效的治疗办法。"

1月24日（除夕）

今天我轻松了，可以不烧年夜饭了

2020 年 1 月 24 日，中国农历除夕，李兰娟又刷屏了。

原因是李院士上飞机，和机组人员挥手致意的图片。网络上，有人配文说："今日李兰娟院士率领浙江首批 135 名医护人员驰援武汉，医者仁心，向最美逆行者致敬。"

不过媒体记者随后了解到，李院士并不是去武汉，而是赶往北京参加和此次疫情有关的会议。当天本是家人团圆之日，但这位 73 岁的院士为了守护人民健康，依然马不停蹄，感动了很多人。

下午 2 时 30 分，李兰娟参加科技部紧急召开的关于当前新型冠状病毒情况相关的科学研究部署会议，科技部党组书记、副部长王志刚主持会议，听取疫情重点科研攻关方向和任务的意见和建议。

会议结束后，中央广播电视总台记者董倩对李兰娟院士进行了独家专访。

董倩："在大年三十下午，您从杭州到北京来，是要参加什么重要的会，在这样的一个时间段要开？"

李兰娟："这是我们面对当前新冠病毒感染的情况，科技部紧急召开的关于科学研究部署的会议，所以通知我来参加。我作为一个传染病（学）的专家，我认为应该过来。"

董倩："其实这就像打一场仗一样，出现了一个病毒就好像敌人，我们要跟它去斗。但是病毒这个敌人走的是什么途径？它传播的速度有多快？它的杀伤力有多强？我们现在掌握有多少？"

李兰娟："我们临床诊疗指南已经出了第一版、第二版，现在出了第三版。这个临床诊疗指南，就是说这个病毒，根据目前发病的情况看，感染早期可能出现发热干咳现象。从初期到加重，大概是10天，这个规律基本上清楚了。那么它的潜伏期也基本上清楚，差不多10~14天。这个时间段知道了，我们就对有明确接触者做医学观察和控制。感染以后的病程，也已经比较明确了。目前来讲，还是轻中（症）的患者比较多，重度的相对比例还比较低。但是它都是有一个演变的过程，所以我们要严防患者变重症，病重者要加大抢救力度。”

▲ 李兰娟院士接受央视采访

由于行程紧张，李兰娟当天开完会还要赶回杭州，在飞机上度过了除夕之夜。董倩也关切地问：“大年三十，您跑到北京来了，您三十晚上怎么过？”李兰娟回答说：“我在飞机上过。”接着又补充道：“我7点多飞机回去，这个没关系，我们习惯了。我们医护人员，年三十、节假日，都得上班。生病的人不会说节假日不生病，所以医护人员节假日一样都得上班。”

李兰娟朴实的话语，给人们带来信心和安全感。

无论是84岁的钟南山还是73岁的李兰娟，连日来，他们实地了解疫情、研究防控方案、接受媒体采访，同时还要在医院诊治患者。正是他们的坚守和付出，为更多人带来信心和安全。

本该是阖家团圆吃团圆饭的日子，行色匆匆的李院士只能在北京机场吃一份饺子。端着盘子，面带微笑的李院士给人春天般的温暖。

赶回杭州，已经是晚上 9 时多。李兰娟表示，这样的生活节奏，她早已经习惯了。

◀ 除夕夜，李院士匆匆在机场吃了一份饺子

推开家门，李兰娟看见在家等待的郑树森院士亲自操刀下厨，为她做年夜饭。看着厨房里老伴宽厚的背影，李兰娟有些感慨，一场突如其来的疫情，隔断了多少人回家的路，多少家庭无法团圆，这顿年夜饭显得格外珍贵。

在机场等候时，李兰娟发了一个朋友圈说："今天我轻松了，可以不烧年夜饭了，由郑院士替代，手术刀改厨刀。"

◀ 李兰娟的丈夫郑树森院士下厨做年夜饭

▲ 网友晒出李兰娟院士朋友圈截图

1月25日

成功分离出新型冠状病毒毒株

时间一天天推移，疫情越来越严重。新型冠状病毒肺炎疫情的防控情况成了民众最关注的问题。

1月23日至29日，全国各省份陆续启动重大突发公共卫生事件省级Ⅰ级应急响应。

Ⅰ级响应是什么概念？根据突发公共卫生事件性质、危害程度、涉及范围，突发公共卫生事件划分为特别重大（Ⅰ级）、重大（Ⅱ级）、较大（Ⅲ级）和一般（Ⅳ级）四级。其中，Ⅰ级响应属于最高级别的响应。Ⅰ级响应是发生特别重大突发公共卫生事件，省指挥部根据国务院的决策部署和统一指挥，组织协调本行政区域内应急处置工作。

国家卫生健康委加强全国工作部署，修订印发病例诊疗、防控方案，完善“日报告、零报告’制度，织密织牢不明原因肺炎监测、发热门诊预检分诊“两张网”，各地也公布了发热门诊和肺炎诊疗定点医疗机构的名单。

国家卫生健康委派出重症医学专家加强对患者救治的临床指导，组建6支共1230人的医疗救治队驰援武汉，同时召集6支后备梯队随时待命。上海、广东、军队3支医疗队已到达武汉投入工作。

浙江按照特事特办、绿色立项的方式紧急启动了两项科技攻关项目，分别由浙江大学、浙江省疾病预防控制中心作为牵头单位开展。

这一天，李兰娟率领团队在传染病诊治国家重点实验室分离出了3株新型冠状病毒的毒株。这对于了解病毒入侵人体的机制具有重要的意义；还可以用于开展制备疫苗的研究，这对未来预防疾病也具有重要的意义，同时意味着我国离拥有防治新型冠状病毒的疫苗又近了一步。

李兰娟表示："成功分离出新型冠状病毒的毒株，意味着我们有了疫苗的种子株，把疫苗种子株培养成疫苗株，我们就可以制备疫苗。"

从长期来看，毒株为以后做药物研发、疫苗研究、临床诊断、消毒剂的使用提供了"种子材料"；从短期来看，有了病毒毒株以后，可以研发一些快速诊断的试剂，现在的检测需要大约 3 小时，如果快速诊断试剂研发成功，可以在 15~30 分钟出结果，这对医院的临床诊断和治疗、疫情的控制有着重大意义。

李兰娟表示，接下来就要开展对病毒的变异、病毒的致病力以及通过病毒来研究新型疫苗的相关研究。疫苗从研发出来到临床应用，要经过临床验证、临床试用，才能够最后应用到广大群众的预防当中，所以还有个长期过程。

在回答距离疫苗的研发成功还有多长时间时，李院士表示，制备疫苗有个过程，获得种子株后通过细胞株的培养获得疫苗株要约 1 个月的时间，疫苗株得到后还需约半个月的检测，并需通过检定部门的检定以及国家一期、二期临床验证等过程。

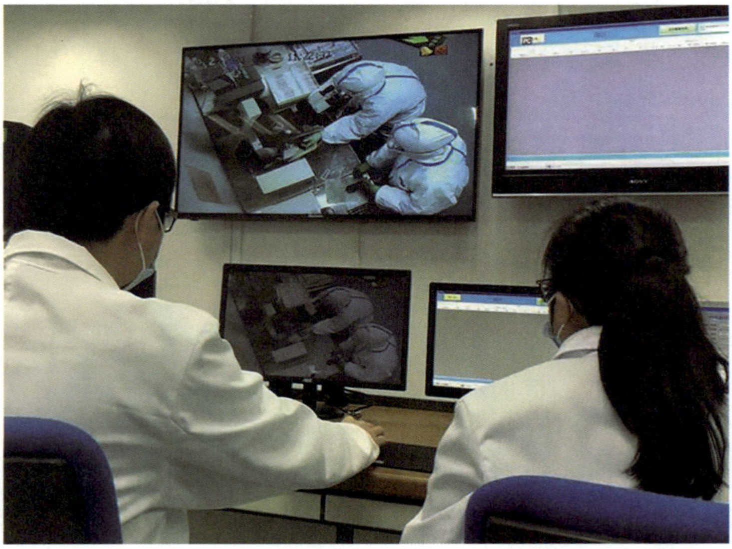

◀ 率先分离毒株

1 月 27 日

浙江卫视开辟专题栏目——《李兰娟今天说》

随着春节的临近，回乡过年的人口流动加快了新冠病毒向全国扩散，浙江省也未能幸免。2020 年 1 月 27 日 0—24 时，浙江省报告新型冠状病毒肺炎新增确诊病例 45 例，新增重症病例 14 例。其中：新增确诊病例中，杭州市 5 例、宁波市 4 例、温州市 28 例、嘉兴市 3 例、绍兴市 1 例、金华市 2 例、丽水市 2 例；新增重症病例中，杭州市 6 例、温州市 3 例、嘉兴市 2 例、绍兴市 2 例、舟山市 1 例。

温州新增 28 例，成为湖北省之外新增确诊人数最多的城市之一。李兰娟接受媒体采访时表示，因为温州在武汉工作的人比较多，所以返乡的人也比较多，现在潜伏期已经到了，该发病的人就发病了，所以发病的人数就会增加。

李兰娟建议，从武汉回到温州的人，应该首先隔离起来，然后天天测体温，观察他们的情况，一旦发病就赶快住院隔离治疗。如果回来以后又接触过其他人，接触的这些人也要进行隔离或医学观察。

为了更好地让公众了解权威专家信息和疫情实时动态，浙江卫视特别开辟了专题栏目《李兰娟今天说》，每天发布对李院士的最新采访内容。

2020 年 1 月 27 日中午，浙江卫视《众志成城，抗击疫情》特别节目直播，针对疫情防控难点、如何应对等问题，李兰娟一一做了解答。

记者：“我们发现从昨天开始，国家把疫情防控的重点区域划定在了社区和农村，您认为特别是在春节假期期间，社区和农村的防疫工作难点在哪里？”

李兰娟：“大量的人可能已经回了老家，但回到老家往往要到社区和农村，那么社区和农村相对防控力量薄弱一点，居家隔离能够采取一个比较好的措施，所以基层要发挥它的防控作用。”

▲《李兰娟今天说》节目

记者："现在春节假期延长到了 2 月 2 日才结束，那么您觉得在延长的这一个阶段，我们老百姓到底应该在家里面做些什么？"

李兰娟："延长到 2 月 2 日，我觉得国家决策是很英明的。1 月 22 日以前有一大批人从武汉出来，那么这批人到 2 月 2 日左右，基本上他感染还是非感染已经清楚了，那么感染的可能已经都住院了，未感染的也可以解除隔离了，这是个科学的时间 。（但）还是要预防，不要放松，大家的心态要好，不要有什么恐慌情绪。"

记者："怎么样才能够真正地促进整个社会共同发力，来应对这个疫情？"

李兰娟："我觉得应对疫情必须是全社会共同来关注，大家共同来出力。有接触的，大家要让他居家，大家要关心他、支持帮助他，让他们居家隔离也心情愉快。另外不要信谣言，不要传谣言，也不要恐慌，只要把感染者发现了、控制了，患者住院了、治疗了，整个社会就是安全的。我认为我们浙江省采取的措施是非常正确的，在全国率先启动 I 级响应，而且对外来的可能传染源的输入也都进行了严格的防控，对社区和对输入的一些患者的流行病学调查，以及严格的隔离是符合当前防控要求的，而且做得非常坚定、非常有力。"

1月28日

首次出现了无临床症状患者

截至2020年1月28日24时，杭州全市累计报告新冠肺炎确诊病例51例，其中1月28日0—24时，新增确诊病例19例。

累计的这51例病例中，有48例有武汉居住史、旅行史或与武汉来的人有密切接触史，病例与武汉的相关性达94%。而再分析28日新增的19例新确诊病例，出现了两个值得警惕的新动向。

一个新动向是，首次出现了无临床症状患者。

病例一，男，35岁，现住临安区，1月21日自武汉来杭，调查时无发热、咳嗽、腹泻、呕吐等临床症状，现在定点医疗机构隔离治疗。

病例二，男，6岁，2020年1月19日自武汉来杭，为确诊病例的密切接触者，调查时无发热、咳嗽、腹泻、呕吐等临床症状，现在定点医疗机构隔离治疗。

另一个新动向是，首次出现“尚未找到明确的感染来源”病例。

病例一，女，45岁，现住桐庐县，2020年1月18日出现不适，有发热、流涕等症状。2020年1月20日离杭前往丽水市，目前尚未找到明确的感染来源，进一步溯源中，现在定点医疗机构隔离治疗。

病例二，男，57岁，现住江干区，2020年1月23日出现不适，体温37.3℃，有头痛、肌肉酸痛等症状，目前尚未找到明确的感染来源，进一步溯源中，现在定点医疗机构隔离治疗。

病例三，女，51岁，现住桐庐县，2020年1月17日出现不适，有发热、头痛、干咳等症状，目前尚未找到明确的感染来源，进一步溯源中，现在定点医疗机构隔离治疗。

▲ 李兰娟院士接受媒体采访

这两个“首现”到底意味着什么？杭州《都市快报》独家专访了李兰娟。

首次出现无症状病例说明了什么？怎么早期去发现这些潜在的、没有症状的人？

李兰娟表示，没有症状的患者，如果他有接触史，一定要找出来，进行医学观察。如果没有接触史的，那现在可以通过信息化的手段找一找，哪些人接触过有感染的人或者接触过从武汉来的人。如果根本就没有接触过有感染的人，他照道理不应该感染。什么叫传染病，肯定是接触过才感染到这个病毒。

李兰娟认为，只要是从高风险地区来的，或者有高风险地区接触史的人，不管有没有症状，都需要进行医学观察，有条件的就都要做个检测。如果检测发现是阳性，那就说明是病毒携带者，具有传染性，应该及时进行相对应的隔离及治疗，避免造成更大范围的散播。关键还是流行病史的调查，看他是不是从高风险地区来的，在医学观察的时候做个检测，就可以及时发现是否感染。

而首次出现“尚未找到明确的感染来源”病例说明了什么？这是不是说明，没有接触患者也可能被传染？

李兰娟解答说，前一天已经发现有一个这样的病例，那么这个患者后来通过大数据的手段，发现他接触过来自高风险地区的人。所谓大数据，是指通过信息化手段，锁定有高风险地区接触史以及相关人群。对于那些有高风险地区接触史的人，他们接触过什么人，通过大数据的调查，都是可以明确的。

“这三个病例都和武汉有一定的联系。比如其中有一位是网约车司机，我们分析可能在转运的过程中和武汉的患者有过接触。针对这一点，我们也和出租车、网约车的企业增加了相关的规定：司机上岗前需要进行体温的检测，同时对上车的乘客进行一些询问，我们的车辆也按照规定做一些消毒的工作。还有两例是桐庐的患者，从目前调查的情况来看，也是和武汉的病例有关联。”

李兰娟一再强调，去过武汉的人要主动申报，说明自己有过高风险地区接触史，并进行 14 天的隔离观察，不要接触其他人，避免造成更大范围的传染。

晚上 9 时 30 分，李兰娟与央视《新闻 1+1》节目主持人白岩松直播连线，分析当天新型冠状病毒肺炎疫情防控情况并指出大数据能告诉大家谁是感染者。对“我们离拥有疫苗还有多远？接触传播又对我们的卫生习惯提出了哪些要求？”等问题李兰娟都一一做了回应。

白岩松：“1 月 27 日一天新增的病例数达到了 1771 例，超过了最开始 40 多天的总和。您怎么判断这个数字？是否正在靠近峰值？”

李兰娟：“这样的增加在我们的预计当中。因为前一段时间从武汉输出到各个省，通过二代，甚至三代的传播，前面这些感染者都已经发病，所以现在应该说已经是一个发病的高峰期。我们国家采取了严格的封城，减少了大批的感染者流向全国。所以在这次关闭离汉通道以前到全国各地的人，以及在武汉本地的人，病毒潜伏到现在正好到达了一个发病期，现在应该是一个高峰期，所以现在增加一点也不奇怪。”

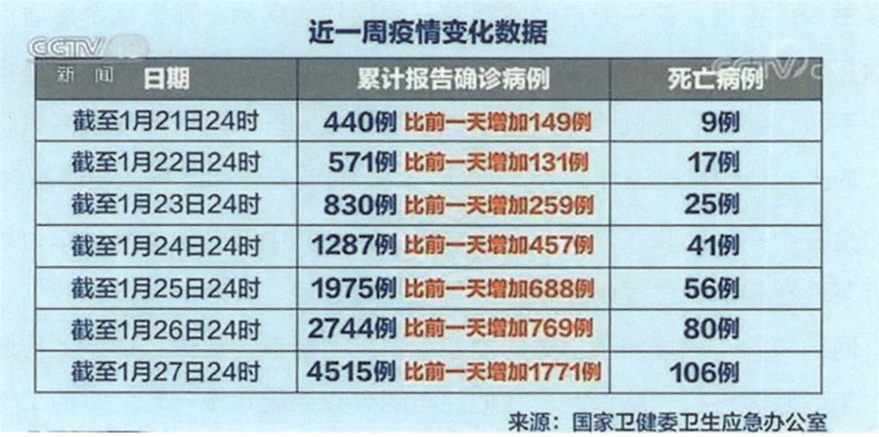

近一周疫情变化数据

日期	累计报告确诊病例	死亡病例
截至1月21日24时	440例 比前一天增加149例	9例
截至1月22日24时	571例 比前一天增加131例	17例
截至1月23日24时	830例 比前一天增加259例	25例
截至1月24日24时	1287例 比前一天增加457例	41例
截至1月25日24时	1975例 比前一天增加688例	56例
截至1月26日24时	2744例 比前一天增加769例	80例
截至1月27日24时	4515例 比前一天增加1771例	106例

来源：国家卫健委卫生应急办公室

▲《新闻 1+1》节目中公布的数据

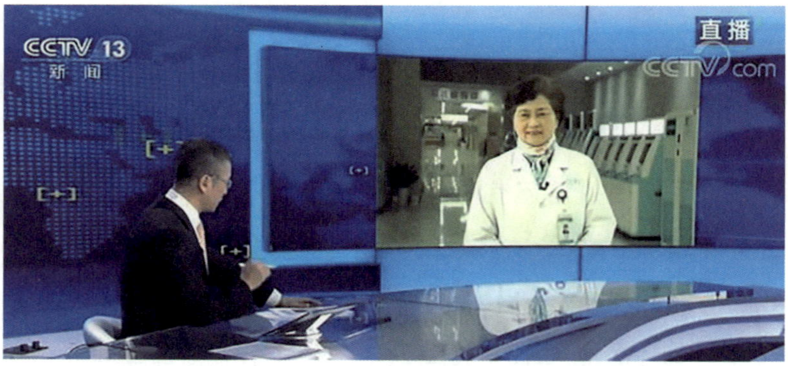

▲ 李兰娟院士接受白岩松采访

白岩松："李院士，它会持续多长时间这个峰值？离衰减还会有多远？"

李兰娟："这个我们也在不断地预测，关键是我们对于已经感染的人全部隔离了。对于那些隐性感染的人全部找到了，感染的人全部隔离了，通过 14 天的潜伏期在隔离以后，新发的感染率就要慢慢地往下降了。担心的是有的地方隔离不严格，传染源没有全部查出来，还隐藏在那里的话，那么这就会传播，使得感染者不能一下子控下来，所以严格地查找感染者，严格的隔离是非常重要的。"

白岩松："1 月 28 日公布的数字，大家能看到疑似的病例接近 7000 例，但是进行医学观察的还超过 4 万例，它是怎样的一种转化？如果疑似病例

45%、40% 转化的话，也意味着未来还会增加很多的确诊病例。"

李兰娟："这个疑似病例既然已经报告了，我相信这些人都已经隔离了，这当中肯定有一部分人要变为确诊患者，但是他们已经隔离了，转化为确诊的病例，这个在我们预计当中，也并不可怕，数量适当的增加也是在我们的预计当中，最怕的就是我们还不知道的隐性感染者，所以要严格地防控。"

白岩松："1 月 27 日国家卫生健康委公布《新型冠状病毒肺炎诊疗方案（试行第四版）》，在诊疗方案中明确新型冠状病毒可以通过接触传播。下一步民众该如何进行自我防护？是不是该'管'手了？"

李兰娟："现在我们观察到，新型冠状病毒除了飞沫传染外还可以通过接触传播。病毒携带者可能污染了周围的环境，我们到处摸的话就可能会通过手感染，所以呼吁大家勤洗手。确定了飞沫传播和接触传播途径，这让大家更了解、更重视切断传播的途径。通过洗手改变卫生习惯，我们的预防工作会做得更好一点。"

白岩松："用不用戴手套？"

李兰娟："医院里医护人员会接触污染物，所以要戴手套。在外部环境中，我们接触的病毒量是有限的，勤洗手就可以了。"

1月29日

采用李氏人工肝技术展开治疗

2020年1月29日，浙大一院之江院区一名患者情况恶化，李兰娟当机立断，决定采用李氏人工肝技术展开手术治疗。

这是新冠疫情以来，浙江省第一次使用以李兰娟院士命名的李氏人工肝治疗技术抢救新型冠状病毒肺炎重症患者。为了抢救危重患者，奋战在抗击疫情一线的医生不分昼夜，通宵达旦地开展抢救工作。

这是一名新型冠状病毒肺炎的危重症患者，2天前转院至浙大一院。前一天上午，医院组织了多学科联合诊疗的会诊，判断患者病情有进一步恶化的可能，当机立断，决定采用曾经在抗击H7N9疫情时起到重要作用的李氏人工肝技术展开血液净化治疗，取得了显著效果。

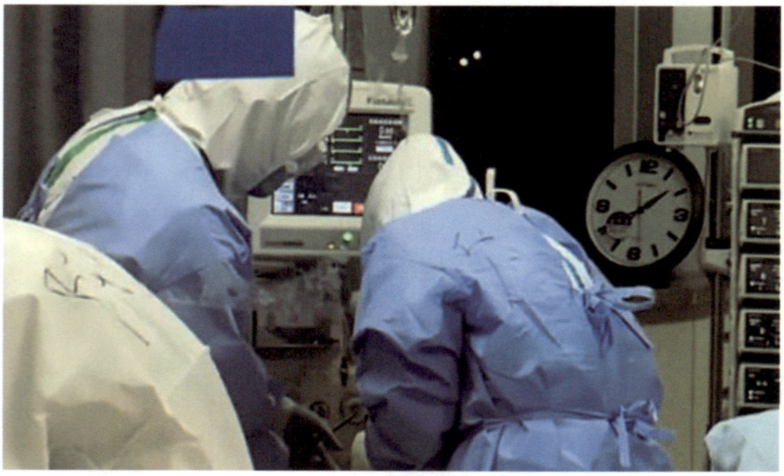

▲ 采用李氏人工肝技术展开手术治疗

1 月 29 日凌晨，主治医生俞亮和护士长章华芬赶紧换上防护装备：手套、口罩、护目镜、防护服、鞋套，一样都不能少。由于是危重患者，感染的可能性更大。但这次治疗对于俞亮和章华芬来说，却有着不同的意义。作为李兰娟的弟子，俞亮承担了此次人工肝治疗的关键任务——人工肝置管术。

1986 年，李兰娟开始带领团队进行人工肝研究。在人工肝治疗重型肝炎这一项目的研究初期，当时也有很多人认为肝脏功能太复杂，人工肝技术不可能成功。

历经 10 余年的辛勤钻研，李兰娟及其团队终于创建了一套独特有效的"李氏人工肝系统（Li-ALS）"。人工肝系统是一台体外仪器，借助这台仪器把患者的血液引流出来，在体外进行血浆置换、血浆吸附、血液滤过等步骤，清除血液中的黄疸毒素等有害物质，补充蛋白质和凝血因子，通过暂时替代肝脏的解毒、蛋白质合成和部分代谢功能，使肝细胞得到再生的机会，肝功能得以恢复。

人工肝技术开辟了重型肝炎治疗的新途径，它的应用将急性、亚急性重型肝炎病死率由 88.1% 降至 21.1%，慢性重型肝炎病死率由 84.6% 降至 56.6%。目前李氏人工肝系统在全国范围内进行推广，已应用于 31 个省（市、自治区）300 多家医疗单位，累计治疗肝衰竭 10 万余次。人工肝技术还被应用于 H7N9 等传染病、呼吸窘迫综合征的患者的治疗中，降低了 H7N9 的病死率。

1998 年，李兰娟带领的科研团队获国家科技进步奖二等奖，她也被国际同行誉为国际上最大的人工肝组织领头人。2013 年，李兰娟带领的科研团队再次获国家科技进步奖一等奖。

李氏人工肝治疗顺利完成，1 月 29 日早上，李兰娟院士和往常一样进行查房，再次强调了采用"四抗二平衡"方法。这里住了 23 个患者，重症的有 10 个，危重症的有 2 个，大家都按照有关的要求认真地进行治疗，患者的配合也都很好，已经有一部分患者开始恢复。

下午，李兰娟和医护人员讨论治疗方案。晚上，李兰娟参加浙江省新型冠状病毒肺炎的临床救治体系前瞻性、多中心研究启动会。9 时 30 分，她继续与央视《新闻 1+1》栏目连线直播，分析当天新型冠状病毒肺炎疫情防控情况。

白岩松：“28 日新型冠状病毒肺炎病例达到了 5974 例确诊病例，超过了 2003 年 SARS 的时候确诊病例数，因此有人说这就意味着比 SARS 的时候疫情还重，您同意这种看法吗？”

李兰娟：“这个不能这样说。SARS 的时候它的时间从 2002 年 12 月开始，2003 年 1 月、2 月出现在广州，实际上当时也已经向全国传播，最后又传播到北京，在北京又成为一个比较大的流行，当时我们检测的能力和水平跟现在是不能相比的。现在我们有了非常好的检测的设备、检测的试剂，一发现患者以后很快地研制出检测试剂。现在国家联防联控，各个社区、街道到各大医院设备条件都有了明显的改进，感染的人都能够尽量被发现、都能够被隔离，所以这个数据相对来讲比较真实，能够把感染的人都发现出来。SARS 的时候，因为水平也不够，技术能力也不够，所以不能这样去比。我们现在的防控水平是很高的。”

白岩松：“李院士，今天也看到有国外您的同行说，这一次的疫情跟 SARS 相比较，它的病死率要低一些，但是更难抵抗，更容易传染，您同意他的看法吗？”

李兰娟：“现在我们病死率确实还不是很高，但是目前来讲，我们发现的患者、看病的患者、治疗的患者还都在治疗当中，有一些重症患者估计大部分可以抢救过来，还有一部分人可能也救不过来，所以现在还没有到定局的时候。当然现在我们的救治力量与 17 年以前的救治力量完全不一样，我们现在的救治水平得到了大幅度提高，我们的成功率也会大幅提高。所以还要等到高峰过了以后，真正的重症的和危重症的，以及病死率才能出来。”

白岩松：“您可能谈的是针对重症患者，国外的同行说这个跟 SARS 比它的致病性弱，反而更难抵抗，更容易传播，是这样吗？”

李兰娟：“致病性的问题，我觉得也不能说一定是致病性弱，我们现在确实有一批轻症的患者，关键是轻症的患者容易被忽视，有的像隐匿性的感染，它没有被发现，甚至没有体温升高的，它照样可以传播给其他的人，所以说容易扩散。”

白岩松：“28 日杭州的疫情有两个首现，首现没有症状的病例，首现尚没有找到明确的感染来源的病例，这意味着什么？增加了什么难度？”

李兰娟：“这个增加了我们控制传染源的难度，大家知道要控制疫情最重要的是要控制传染源，要控制传染源需要发现传染源，而这些隐匿感染的人，很难发现，如果悄悄传播给其他人，这是很危险的。所以我们现在提倡要应用大数据信息化的手段，把每个人流动的情况跟传播的情况进行相关性的分析。大数据我 20 日就向国家建议了，我们浙江有非常好的伙伴们，他们已经可以把中国的人口流动图，包括我们各个省的感染源，接触到人群的流动图非常明确地画出来。应用大数据手段可以把所有已有接触史的人找到，所以我们现在全力提倡把大数据的方法应用起来。”

白岩松：“这两天开始陆续开始有人回城了，隔几天会更多。现在各地采用的方法不一样，从高风险地区回来的普遍说法是要隔离 14 天。但是从其他地方回来有的隔离 5 天，有的隔离 7 天，您的建议是什么？”

李兰娟：“我的建议是对每一个人的健康情况自己要清楚，单位也要清楚，如果你这个人从来没有到高风险地区去，也没有接触过感染的人，身体健康、体温正常，那你回去以后也是健康的，没有必要隔离。如果你去过高风险地区，在单位经过了 14 天的医学观察之后没有发病，就不要隔离了。如果你曾经有去过高风险地区，曾经有接触过可疑的人，你到了单位以后还得要坚持医学观察，确保你没有感染。所以我认为群防群治很重要，如果这些人在各个省、各个地方，在回城以前已经感染了，在进行医学观察，那一定要严格做到两次病毒检测是阴性再回去。”

白岩松：“康复之后会有抗体吗？康复者是否还会传染别人？”

李兰娟：“康复的患者会产生一种抗体，我们在 SARS 的时候曾经也应用康复者的血浆来治疗感染的患者，因为康复者的血浆中含有抗体，所以一般来讲有了抗体以后，不太会再感染。”

白岩松：“人会传染身边的宠物吗？宠物是否会再传染给别人？”

李兰娟：“宠物的话我们原来都是要检验的，在现在传染病流行的季节，主人要对宠物加强管理，如果宠物没有接触患者，没有接触有可疑的人，那这个宠物是没有病的，检验是健康的，那是没有关系的。如果接触到疫情、接触到感染的人，那这个宠物也要一样要监控起来。”

白岩松：“也就是说人是有可能传染宠物的，是吗？”

李兰娟：“因为这个病毒是在哺乳动物之间传播，所以我们对哺乳动物都要加以防备。”

2月1日

简短朴素的出征仪式

“你们穿着厚重不透气的隔离衣，全身湿透地坚守岗位，筛查诊断感染者，救治重危病患；你们远离自己熟悉的工作环境，辞别家人，义无反顾地前往疫情更严重的地区驰援，照护更多需要救治的病患；你们为了争分夺秒抢救病患，为了节约宝贵的防护物资，长时间不吃不喝不上卫生间；你们刚刚脱下防护装备，还未来得及稍作休息，就因有重患到来而重返一线……你们所表现出的可歌可泣的义举，不仅是你们职业精神的体现，更是中华民族的脊梁所在 。”2020 年 2 月 1 日， 中国医师协会感染科医师分会与中华医学会感染病学分会联合发布《告全国感染科同道书》。中国医师协会感染科医师分会会长李兰娟院士、中华医学会感染病学分会主任委员王贵强教授共同呼吁全国感染科同道在抗击疫情的同时好好保护自己，以鼓舞士气，坚决打赢疫情防控的阻击战！

“家国有难，使命必达！科学防护，全力以赴！”铿锵有力的 16 个字在全国医护人员中传开，也吹响了驰援武汉的响亮号角。

也正是《告全国感染科同道书》发布的当天，李兰娟率领团队身先士卒奔赴武汉。

2020 年 1 月 31 日，李兰娟把人工肝救治细胞因子风暴的工作做了布置，安排好了病房临床救治工作后，她又向国家卫健委请缨：为了降低病死率，自己带队前往武汉救治重症患者。

2020 年 2 月 1 日上午，李兰娟到浙江省卫生健康委参加国家卫生健康委的电视电话会议。

中午 11 时左右，接到国家卫生健康委的通知：李兰娟组建“援鄂重症新冠肺炎诊治李兰娟院士医疗队”驰援武汉。

中午 12 时多，李兰娟匆忙回了趟家，简单收拾了一些随身行李。临行前，儿子哽咽着对她说：“妈，等您回来。”古稀之年本该享受天伦之乐，但怀着对国家和人民的责任，李兰娟在大年初八告别了丈夫和儿子，只轻轻说了句：“大家放心！”

下午 2 时 15 分，李兰娟赶回医院，和医疗队成员汇合，准备出发。医疗队成员均来自浙大一院和树兰（杭州）医院，包括感染病学科、重症医学科等多个科室的医护骨干。

树兰（杭州）医院举行了简短的出征仪式，李兰娟说：“当前抗新冠肺炎疫情进入关键期，武汉的医院里危重症患者比较多，病情严重，需要人工肝等支持治疗。浙江在抗击 H7N9 时，总结了一套经验，这次在浙江的危重症患者救治时，也用上了人工肝技术。浙江的经验应该应用到全国。”

李兰娟还说：“这一次到武汉去，我们将把人工肝、干细胞、微生态调节等新的方案与呼吸机、氧气等方案结合起来，按照‘四抗二平衡’疗法来救治更多的患者。我们希望通过方案的调整、人员的培训，把这一套技术到武汉进行推广，帮助武汉真正地把救治患者的工作做得更好。”

▲ 李兰娟院士出征仪式现场

对于武汉来讲，发病率比较高，危重患者比较多，如何降低病死率、挽救更多患者尤其是危重患者的生命成为一个非常重要的问题。李兰娟介绍，这次带了一个团队，成员都是在呼吸机支持、人工肝以及危重病治疗 ICU 这方面经验比较丰富的医护人员，希望进一步降低病死率。

她坦言："当然这个病现在很重，我们在这方面也有很多的困难，也需要通过科学研究，大家共同努力来完成，这是我们的目标。"

对于此次驰援武汉，李兰娟介绍："因为比较紧急，我今天下午就出发，现在也做好了长期在武汉奋战的准备，与那边的医护人员共同奋斗，把救治工作做好。至于什么时候回来我自己还没有考虑过。"

对于前往武汉后会在何地工作，她说："服从安排，我自己希望去金银潭医院，就是危重症患者最集中的医院。希望把'四抗二平衡'疗法进行应用推广，把危重症患者救回来。"

◀ 李兰娟院士挥手告别

现场一位地方媒体记者问道：“浙江疫情也很严峻，浙江也很需要您，为何在这一时候前往武汉？”李兰娟笑言：“浙江肯定会做得很好，我自己也会常与后方联系。”

树兰（杭州）医院副院长汤灵玲说：“对我自己而言，出征不是一个很陌生的场景，我曾奋斗在抗击埃博拉、H7N9 禽流感的一线，也希望自己能顺利完成这次任务。”

现场一位医生叮嘱一位要出征的护士说：“要多手准备，我们除了医院带去的物资，生活物资自己也要准备一下。”护士说：“把女儿的手提电脑也带去。我已经把自己超市买的东西快速整理了一下。”

现场还有一位医生正在语音联系家人，她特别嘱咐家人：“别告诉老妈，让她最近少看点电视。”这位医生说，得到通知要出发去武汉是当天中午的事，比较突然，刚刚已经陆陆续续通知了家人，但老人家还是先别让她知道了。孩子在国外也先不和他说了，因为人不在国内，对疫情不够了解，可能会更担心。她也提到，自己是从报名那天就做好了随时出发的准备，之前也一直在关注疫情发展。

当晚 21 时，李兰娟率领团队一行从杭州东站乘坐由上海南开往重庆北的 Z256 次绿皮列车出发，浙江省副省长成岳冲受浙江省委书记车俊、省长袁家军的嘱托，前往火车站送行。浙江省卫生健康委党委书记、主任张平，一级巡视员马伟杭，办公室主任傅志敏，医管处处长俞新乐等一同送行。

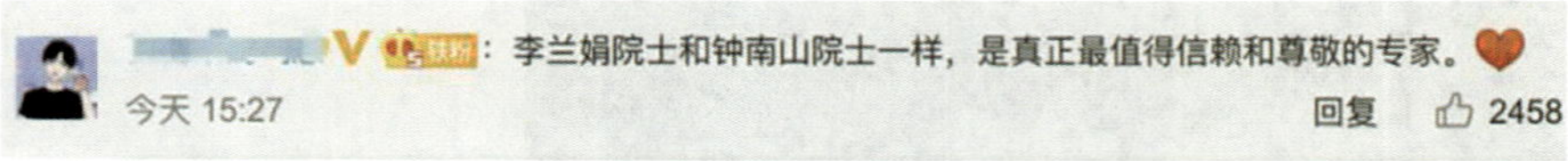

▲ 网友们的留言

“国士”，李兰娟率队从杭州出征的信息一经发布，有人在朋友圈里做出这两个字的评价。

第二部分

惊心动魄 60 天

疫情如火，庚子鼠年来临之前，武汉、湖北，乃至全国确诊人数不断攀升。关键时刻，党中央、国务院迅速做出决策部署，强调要把人民群众生命安全和身体健康放在第一位，采取切实有效措施，坚决遏制疫情蔓延势头。

湖北和武汉疫情防控是重中之重，打好武汉保卫战、湖北保卫战事关全局。“武汉胜则湖北胜，湖北胜则全国胜。”疫情发生以后，全国各地坚持一方有难、八方支援，各地区前往湖北和武汉支援的广大医务工作者、人民解放军指战员以及各方面人员发扬越是艰险越向前的大无畏革命精神，闻令而动，坚韧不拔，不怕牺牲，攻坚克难。从除夕夜星夜驰援，到元宵节紧急集结，全国各地一批批医务人员奔赴、奋战武汉一线；数十家单位紧密配合、全国各地建设力量迅速汇聚，短时间内建好武汉火神山、雷神山医院；建立对口支援机制，各省区全力支持湖北各地市加强患者救治、疫情防控工作；军队保证医疗物资和人员有效投送，抽组大量医护人员奔赴疫情防控最前线。力量向湖北、向武汉集结，资源向湖北、向武汉倾斜，全国人民与湖北人民、武汉人民同舟共济，凝聚起众志成城抗击疫情的强大力量。

“武汉加油！”“湖北，我们来了！”“一起抗，一起扛！”我们见证了全国上下守望相助的力量，见证了亿万人民不怕任何困难的勇气。武汉是英雄的城市，湖北人民、武汉人民是英雄的人民，历史上从来没有被艰难险阻压垮过。只要我们同心协力、英勇奋斗、共克时艰，就一定能决胜武汉、决胜湖北、决胜全国，取得疫情防控斗争的全面胜利。

关闭离汉通道，隔绝了这座城市与外界的交通往来。在这关键时刻，73岁的李兰娟院士选择成为一个“逆行者”。她牢记习近平总书记教导：“把人民群众生命安全放第一位”。她带领医疗队进入武汉，参与一线救治，给留在这座城市的人们带来战胜疫情的信心。她说：“这是一个医务工作者的本分。”

在武汉，李兰娟一行经常会穿着全套白色防护服，戴上手套和护目镜，他们在衣服上写着“武汉加油”，出现在武汉大学人民医院东院区的重症监护室。当记者问她什么时候离开一线、回到杭州时，她说：“我做好了长期在武汉奋战的准备，与武汉的医护人员共同奋斗，把患者救治工作做好。至于什么时候回去我还没考虑过。”时至今日，那张曾冲上热搜的照片，依旧打动人心：脱掉防护口罩的李兰娟，两侧脸颊上是深深的压痕，但却笑得温暖又平和。

李兰娟，一位73岁的“逆行者”。她用自己的专业技术，帮患者与死神赛跑，为普通人隔绝病魔，她的“战疫经历”惊心动魄。她是一盏明灯，也是一线医护工作者的缩影，有了像她这样许许多多与疫情搏斗的医务工作者，才让我们看到了战胜疫情的希望与曙光。

2月2日

“抗疫不成功，我们决不撤兵”

2月2日凌晨4时40分，由上海南开往重庆北的Z256次列车停靠在武昌站，李兰娟带领的医疗队抵达武汉。除李兰娟之外，医疗队成员还包括浙医一院陈作兵副院长、章益民医师、ICU王国彬医师、刘烨护士。树兰（杭州）医院副院长、感染科专家汤灵玲，人工肝专家、感染科副主任朱梦飞，重症监护室护士长张园园，人工肝专科护士刘元春等。

稍作休整后，李兰娟一行与武汉大学人民医院相关负责人进行了工作接洽。

▲ 2月2日凌晨4时40分，李兰娟带领医疗队抵达湖北武汉

武汉大学人民医院又名湖北省人民医院（以下简称人民医院），创立于1923 年，由老一辈的共产党员陈雨苍创立，近百年来牢记初心使命，始终将医院命运与国家和人民的命运紧紧相连，努力践行“一切为了人民健康”的办院宗旨。自新冠肺炎疫情出现以来，人民医院作为主要定点救治医院进一步彰显红色基因，勇担社会责任，以“人民的名义”，凝聚战疫磅礴动力！

浙江专家团与人民医院专家团齐聚一堂，面对面就危重症患者的救治策略进行了探讨。人民医院东院区，专门收治新型冠状病毒肺炎危重患者，这里收治了 16 位感染新冠肺炎的危重患者。

双方商定，从 2 月 3 日开始，浙江专家团全面入驻人民医院东院区的重症监护室、隔离病房、发热门诊，与本地专家打“配合战”，共同救治新冠肺炎患者。李兰娟表示：“这次我主要是来当一个医生。我想和我的团队‘主攻’危重患者救治，减少患者病死率。”“抗疫不成功，我们决不撤兵。”这是李兰娟团队的铮铮誓言。

人民医院副院长江应安充满敬意地说：“七十几岁的老人了，真的是不分昼夜，她凌晨 4 点多下的火车，吃过早餐接着就开会，各个医院的专家、基层的管理者，都要见面，把她对疾病的认识告诉我们。我感觉，这个老太太，真的是我们中华民族的脊梁。”

新冠肺炎与 SARS 及其他普通病毒性肺炎有很大的不同，在病程上最大的特点是：起病不重，但发展很快，从发病起三四天就可能发展为重症，出现呼吸衰竭等症状。如果发展成危重症，可能造成心肌严重损伤、肾衰竭等多脏器衰竭。病患病情加重的主要原因就是“细胞因子风暴”。“细胞因子风暴”在 SARS、MERS 和流感中都是导致患者死亡的重要原因。2013 年，李兰娟曾用人工肝将处于濒死边缘、体内正在发生“细胞因子风暴”的 H7N9 禽流感患者救了回来。

浙江专家团着重介绍了他们的人工肝血液净化技术、“四抗二平衡”救治方案，人民医院专家团表现出极大的兴趣。

朱梦飞介绍：“当人感染病毒后，体内免疫细胞会分泌大量的细胞因子，我们称为‘细胞因子风暴’。这些细胞因子在消灭病毒的同时也严重破坏了自身的呼吸细胞，引起肺部炎症等症状。而李氏人工肝可用于消除‘细胞因子风暴’，从而救治传染病重症患者。”

李兰娟团队还带来了另一项“浙江经验”，即抗病毒、抗低氧血症、抗休克和多器官功能衰竭、抗继发感染，以及维持水电解质平衡、维持微生态平衡的“四抗二平衡”救治方案。数据可以证明“浙江经验”的有效性——截至2月1日24时，浙江省累计报告新型冠状病毒肺炎确诊病例661例，重症病例52例（其中危重12例），累计出院23例，无一例死亡病例。

这一天，在中央指导组的指导下，武汉市部署实施确诊患者、疑似患者、发热患者、确诊患者的密切接触者“四类人员”分类集中管理，按照应收尽收、应治尽治、应检尽检、应隔尽隔“四应”要求，持续开展拉网排查、集中收治、清底排查三场攻坚战。

下午3时，李兰娟赶到湖北省卫生健康委员会，通过电视电话会议，与钟南山院士、国家卫生健康委相关部门负责人，就修订第五版新冠肺炎诊疗方案等多项内容进行了3小时左右的研究讨论。此前，第四版新冠肺炎诊疗方案1月28日才刚推出，第五版又将在这一版的基础上修订完善。

专家们根据近期的疫情救治工作和病毒研究成果，对新冠病毒的流行病学特点、临床表现、诊断标准和治疗方案进行了讨论、优化和修正，为新冠肺炎的临床救治工作提供指导，进一步明确了以下3个方面的内容。

第一，不排除存在消化道的传播，对疫情防控具有重要意义。

专家表示，病毒传播途径主要为飞沫经呼吸道及黏膜接触传播，不排除存在消化道的传播。同时，专家正在尝试对患者粪便进行检测，以确定粪便中是否能分离出活病毒。

第二，对于轻症患者也应该集中收治、隔离治疗。

专家提出，应根据病情严重程度确定治疗场所，尤其是对于新型冠状病毒轻症患者也应该进行集中收治，避免社区聚集性病例的出现。但鉴于定点医院的治疗压力，轻症患者应该另选择场所进行隔离治疗。

第三，危重症、重症患者的治疗方案初步建立，多种辅助治疗取得效果。

对于危重症、重症患者的治疗方案，专家讨论认为，应在对症治疗的基础上，积极防治并发症，治疗基础疾病、进行器官功能支持的同时，预防继发感染。就当时而言，对于新型冠状病毒已经建立一些有效的治疗方案，对重症、危重症患者采取多种生命支持手段，高通量氧辅助、无创面罩通气、小潮气量肺保护性通气、体外膜肺氧合（ECMO）等辅助治疗都已经取得较好的效果。

会后，李兰娟就武汉市当前疫情的发展情况、诊疗方案修订进展等问题，接受了中央广播电视总台央广《中国之声》记者黎明的采访。

记者："李院士，我们知道您这次是'再度出征武汉'，主要是出于什么考虑？此行有什么样的目的？"

李兰娟："我们国家防治新型冠状病毒进入了非常关键的时期，各省都群防群治，控制了它的蔓延。对于武汉来讲，发病率比较高，危重患者比较多，所以到现在这个阶段如何降低病死率、挽救更多患者尤其是危重患者生命成为一个非常重要的问题。所以（这次）我们带了一个团队，（他们）都是在呼吸机支持、人工肝以及危重病治疗 ICU 这方面经验比较丰富的一个团队，到这里来，希望跟这里的专家们一起共同为进一步降低病死率做出一点儿贡献。"

记者："为了解决危重患者的这个问题，目前武汉市又增加了 3 家专门针对危重患者的医院。经过上午的走访和调研，您如何来研判未来的效果？"

李兰娟："我觉得救治医疗的设备和条件都是非常重要的，所以增加了这三家，这样许多危重症的患者能够得到更好的治疗。我们团队这次进驻的是武汉大学人民医院东院区。这是定点的一个危重症的医院，我们想把浙江创造的一些危重症治疗的经验在这里推广。尤其是在 H7N9 暴发时，世界卫生组织公布的病死率高达 40%，但是我们在浙江建立了一套'四抗二平衡'救治方案，大大地降低了病死率。这些经验在那时已经得到证明，希望在新冠肺炎危重症患者的治疗当中，也能得到更好的推广和应用，尤其是人工肝支持，能够改善呼吸衰竭的情况，包括微生态的调节，能够减少继发感染，还有一些其他的新的技术，通过这样治疗，再总结一些新的技术和经验，和大家共同推广应用。”

记者：“在刚刚的会上，大家商讨了第五版新冠肺炎诊疗方案，第五版最大的变化是什么？”

李兰娟：“第四版新冠肺炎诊疗方案比第三版的内容有了很大的变动，把流行病学的特点、传染源、传播途径、易感人群都加上去了，而第五版在这方面会更加细化一点。第五版中，把前段时间我们防治当中的一些经验以及出现的一些新的问题都进行了整理，在临床的症状方面，尤其是诊断的类型、患者的分型，也做了非常明确的规定。用这个方案可以更好地指导全国各地包括武汉的救治工作，所以完全是一个诊断和治疗的方案。”

记者：“还有一个问题是现在大家特别关注的，就是‘粪口传播’的问题，刚刚钟南山院士在广州接受会后采访，说也有可能。您是如何看待这个问题呢？”

李兰娟：“因为传染病的传播有呼吸道的传播，也可能有消化道的传播，那么对于新冠病毒（来说），呼吸道的传播应该是基本明确的，它通过飞沫传播，近距离地传播。现在也在粪便当中检测到有病毒的核酸，所以我们现在也在检测是否能够真正检测到活病毒，假如说在肠道大便中也能检测到病毒，那说明可能在消化道也会存在。要明确这个问题，我想已经很快了，我们已检测到核酸，但是能不能真正地分离出病毒，还在进行中，很快地就能够把它明确起来。”

记者：“最后一个问题就是，目前关于病毒分离和疫苗的研发，您这里的进展如何呢？”

李兰娟：“现在检测的手段还是比较多的，可以有直接分离、直接检测，也可以通过基因序列来检测这个病毒，但最后的结果应该是相符的。病毒的话，在浙江，我们的 P3 是传染病诊治国家重点实验室，在 P3 已经分离到 8 株病毒，其中有几株非常适合做疫苗，所以现在也在紧锣密鼓地开展。”

两天后，国家卫生健康委正式发布《新型冠状病毒肺炎诊疗方案（试行第五版）》首次提出无症状感染者也可能成为传染源。

与第四版相比，第五版对于新冠病毒的流行病学特点表述发生较大变化，其中，传染源方面，首次提到，无症状感染者也可能成为传染源；传播途径方面，经呼吸道飞沫和接触传播是主要的传播途径。气溶胶和消化道等传播途径尚待明确；易感人群方面，第五版提到人群普遍易感。而第四版的表述为“人群普遍易感。老年人及有基础疾病者感染后病情较重，儿童及婴幼儿也有发病”。

2月3日

《新闻 1+1》连线李兰娟

2 月 3 日，中共中央总书记习近平主持召开中共中央政治局常务委员会会议，指出要进一步完善和加强防控，严格落实早发现、早报告、早隔离、早治疗“四早”措施；强调要全力以赴救治患者，努力“提高收治率和治愈率”，“降低感染率和病亡率”。中央指导组从全国调集 22 支国家紧急医学救援队，在武汉市建设方舱医院。

到武汉后，李兰娟穿梭于医院、医护、患者、实验室之间，研判疫情、指导治疗，同时还解决宅在家里人们的困惑。

这天上午 8 时 20 分，李兰娟及队员就到达人民医院东院区，详细了解了医院 ICU 及 CCU 内的危重患者情况，并做出医疗方案指导，医院现场协调并调配需要的仪器及远程指挥系统。

下午 3 时，参加完防护知识培训后，李兰娟再次返回医院，利用远程指挥系统对明日需要进行人工肝治疗的患者做治疗前的评估。

晚上 9 时 30 分，央视《新闻 1+1》栏目连线李兰娟。

白岩松：“大家猜测是否这个病毒离开武汉，它的威胁就会衰减，这个疑问成立吗？您怎么看？”

李兰娟：“目前还没有看到病毒有特别的变异，关键还不是病毒的原因，它的发病情况、临床的症状特征基本是相似的。”

白岩松：“您看到的武汉重症患者的状况以及救治的情况是什么样？”

李兰娟：“目前武汉因为整体的患者数比较多，当然重症患者和危重症患者也比较多。所以武汉也采取了措施，几家大的医院来收治重症患者。我这次来到的是武汉大学人民医院，现在也作为重症收治的定点医院，他们把这个新的医院进行了初步的改造，集中力量收治重症和危重症患者。”

白岩松：“重症患者有并发症的多吗？年龄是更偏大吗？您看到的情况是怎样的？如何去给他们更有效的治疗？”

李兰娟：“重症患者各种年龄段的都有，危重症的往往是年龄偏大的，或者是有并发症的以及有其他慢性病的人，特别容易变危重症。今天，我到医院看了以后，也发现好几个危重症患者都是高龄的且存在其他慢性病的。”

白岩松：“这次您到了武汉之后给当地的建议是什么？”

李兰娟：“我给他们提了一些建议。第一，还是要及时发现传染源、控制传染源。所有的感染的人以及与有感染的人密切接触的人，还得要继续地查找和严加隔离，让健康的人不要被感染。这个是要从源头上来发现传染源、控制传染源，要做得更加严格、严厉一点，才能使患者增加的趋势得到改善，或者减少甚至控制。第二，在治疗患者时，我们带来了一些浙江的经验，尤其对危重症的患者应用我们在 H7N9 救治有效的人工肝支持系统，以及微生态平衡等一些新技术，我们希望跟武汉的医护工作者一起通过支持新技术来挽救更多患者的生命。”

白岩松：“如果全国的病死率这么低，就相对来说，比较低是由于医疗足够的话，那是否意味着当我们全国支持武汉的力量更足了之后，病死率会大范围下降，尤其是这个疫情没有大家担心得那么可怕？”

李兰娟：“对。现在全国来了很多支援的医疗队，这个力量还是比较强的。我们浙江也来了 330 多名医护人员，通过全国的支持，让武汉自己的医护人员稍有休整和调整。加强医护力量，加大危重症的救治，疫情还是能够得到很好的控制，也是能够降低病死率的。”

白岩松：“武汉市的 26 家定点医院，它开放的床位是 7000 多张，其实现在武汉确诊病例就已经超过 5000 例，火神山医院 2 月 3 日开始接患者，过两天雷神山医院也接，能多大程度缓解武汉的压力？”

李兰娟：“我觉得这两家医院开了以后，能够非常好地缓解武汉的压力，现在确实有少部分人需要隔离治疗，这两家医院对于这个问题应该能够得到缓解。因为其他的各大医院的收治重症患者的力量也已经加强了，我们希望通过大家的同心协力能够让患者住院的问题得到更好的解决。”

白岩松：“您觉得对疑似病例更早地进行隔离，是不是非常重要的一步？”

李兰娟：“对。采取这样一个措施是非常重要的。疑似病例实际有些是可以检测出来的，也可能有一些诊断试剂不一定呈阳性。患者呈现阳性有个过程，所以说将疑似病例作为一个传染源隔离起来，病毒就不会再传播给其他人，这对控制疫情是十分重要的。”

白岩松：“今天我们在新闻当中看到，说试剂盒已经在加速生产，武汉的试剂盒是否充足？因为它决定着如何更快速地将疑似患者确诊，究竟是还是不是？您看到情况是怎么样的？”

李兰娟：“诊断试剂是非常重要的，诊断的检测也非常重要。对于发现确诊患者需要有这样一个病源的确定，所以试剂盒的问题我们国家应该说也是很快地（解决了）。对于武汉来讲，希望大家把诊断准确率很高的试剂多送一点来，让更多的人得到检测，这是非常重要的一块。”

白岩松：“距离上一次连线正好过去了 1 周的时间，这一周您对这个病毒是否又有了认识，它是不是更容易传染，传染的途径是不是更多？”

李兰娟：“对这个病毒确实在不断地认识，人传人已经得到了非常明确的证实，所以感染的人已经成为传染源，是呼吸道传染，这是非常明确的。这一周也有人检测到粪便当中的核酸阳性，所以我们在诊断的标准当中，又加了一个接触传播，就是说一些污染的物品也要进行消毒。可能除了呼吸道直接飞沫传播以外，还会有接触的传播，所以对控制传染源、对切断传播途径来讲，又增加了新的内容。那么当然下一步对于粪口传播还要再进行深入的研究。”

白岩松：“因为 2 月 3 日局部地区都开始上班了，交通工具上人流变得更大，大家就会去担心电梯安全吗？坐汽车、火车如何才能更安全？您的建议是什么？”

李兰娟：“现在我们整个国家和社会都加强了公共卫生的爱国卫生的行动，所以在火车、汽车上都有消毒的设施，甚至电梯好多单位也都进行了消毒，所以说应该总体上来说是安全的。当然因为人比较多，有一些感染的人在其中不知道，所以我们还得戴个口罩，防止近距离接触的传播。我们国家这么重视爱国卫生运动，做得很好的话，还是能够预防的。”

白岩松：“我们现在需要戴手套吗，在出行或坐电梯的时候？”

李兰娟：“我认为没有必要。我是传染科的医生，我到病房里去见了很多有传染性的患者，无非也就是检查好以后洗个手，用流水冲洗就可以了。只有直接接触污染物的时候才需要戴手套，一般是不需要戴手套的，只要你勤洗手，回家首先洗个手就可以了。”

白岩松：“在公共场所当中，人和人之间保持多大的距离会更合适一点呢？是 2 米，还是 1.5 米，还是怎么样？”

李兰娟：“我们原来写的是 1.5 米，对面人如果是健康的，应该也不存在这个问题。主要是担心不认识的人，要保持一定的距离，避免有传播的可能。我希望各个地方对接触的人查得严一点，这样有可能面对面传播的机会就会大大减少。在武汉市区，我认为这个距离是非常必要的。”

白岩松：“湖北黄冈、浙江温州及其他的城市，都实行了非常严格的人员管控措施，如两天一户只能出来一个人买菜。您如何看待如此严厉的管控措施？”

李兰娟：“这也是控制传染源的有效措施，因为家庭人员相对是固定的，他们是健康的，大家在一起是没有关系的。在传染源还没有完全查清的情况下，少到外面去被感染，能够对控制疫情起到一定的作用。最重要的是要把所有接触传染、有可能感染的人找出来，然后其他的健康人就不用关在家里了，这是两个过程。要通过大数据的手段，把接触过感染者的人找出来进行隔离，没有接触的人就可以自由行动。但是还没有查清楚的时候，健康的人先暂时不要到外面去，不要去感染，也是一种有效的手段。”

白岩松：“从 1 月 23 日关闭离汉通道算起，到 2 月 3 日已经 11 天过去了一点，那如果要从潜伏期 14 天来算，您是否觉得关闭离汉通道的效果快要显现出来了？”

李兰娟：“对。关闭离汉通道之后应该是阻止了大量的武汉被感染的人向全国外流，但也还是流出去了一部分。有的人要回家探亲，尤其在离汉通道关闭前有一部分人回家了，所以出去的被感染者应该已经发病了。一般我们讲的 14 天是已经比较长了，安全期间一般在 10 天以内，1 周左右，该发病的也已经发病了，所以发病有高峰期。第二个问题是这些出去的人他觉得自己可能除了发病以外，可能还会感染其他的一些人，那么其他的这些人可能还有一个时间段，但总体来讲数量应该是有限的，通过这样几个情况，我相信全国也采取了严厉的措施，应该能够控制下来。关键还是是否真正把与感染者密切接触的人找出来了，这是最重要的。发现传染源、控制传染源就是我们非常重要的控制疫情的手段，当然还有切断传播途径。"

为什么人们相信李兰娟的解答呢？在李兰娟看来，研判疫情的发展固然重要，让公众能得到更科学可信的防控常识更是一味必不可少的药："要用科普消除恐慌，让大家能够理性应对疫情。"

2月4日

狙击新发突发传染病

2 月 4 日，立春。人们期盼的拐点并未到来，新冠病毒感染人数仍在加速攀升。中央应对疫情领导小组召开会议，提出调集一批应急方舱医院、再增加 2000 名医护人员支援湖北，并于当日晚到位。

下午，已经在武汉抗疫一线工作 3 天的李兰娟宣布，团队发现阿比多尔、达芦那韦在体外实验中对新冠病毒有抑制作用。

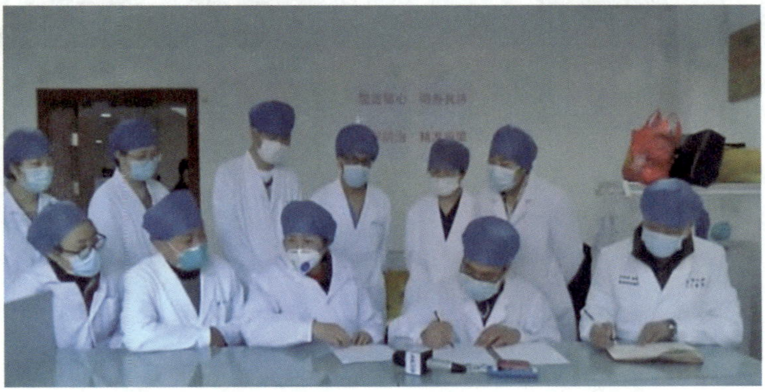

▲ 李兰娟与来自浙江、四川、辽宁等援鄂医疗队的医护人员一起，共同商讨诊疗方案

李兰娟医疗队成员、浙江援鄂重症救治组领队、浙大一院副院长陈作兵提醒："这两种药为处方药，患者一定要在医生的指导下服用。"他还介绍，现在这两种药物已经在浙江省新型冠状病毒肺炎患者中使用，下一步计划用这两种药物替代其他效果欠佳的药物。

消息一出，举国沸腾，这无疑为连日来的抗疫“战争”注入了一剂强心剂。在这场没有硝烟的战争中，病毒，终于一改往日的嚣张气焰，有了败退的苗头。

除了公布这项研究成果，李兰娟还提出抗艾滋药物克立芝对新冠肺炎治疗效果不佳，且具有毒副作用。她建议将阿比多尔、达芦那韦两款药物列入新冠肺炎诊疗方案中。

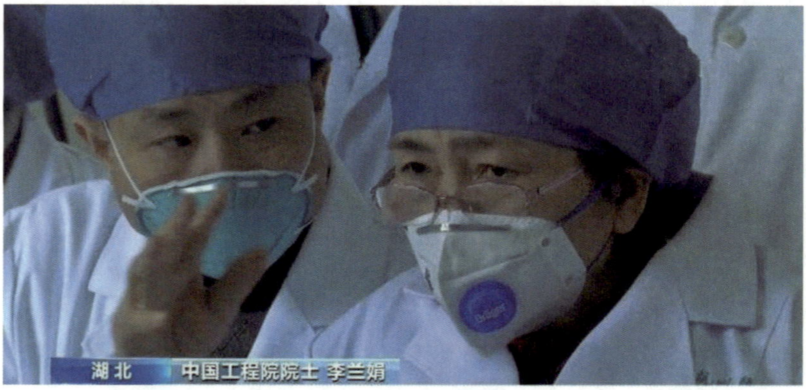

▲ 2月4日，李兰娟抵达武汉第3天。

2月5日

和病毒赛跑的“老奶奶”

2 月 5 日，央视一条新闻——“李兰娟每天只睡 3 小时”登上热搜，阅读量以亿级别计。不少网友评论：一位 73 岁的老奶奶挡在 14 亿人前面，让人既敬佩又心疼。

这天，央视记者走近李兰娟的“一线日记”，记录她的工作，记录一线医护人员与病毒赛跑的速度。刚到达那段时间，要做的事情实在太多，李兰娟每天的日程都安排得满满的：查房、了解患者病情，会诊、制定诊疗方案，给各地来武汉增援以及本地的医护人员进行培训，指导团队救治危重症和重症；作为专家给防控工作建言献策；指导传染病诊治国家重点实验室科研……

李兰娟到达武汉后就进了 ICU 隔离病房。一开始，团队里的人出于安全考虑，建议她不要进。

“我说：‘您在病房外指挥就行。’她说：‘临床医生怎么能不进病房？’”汤灵玲对李院士的这句话印象深刻，“她说：‘那么多危重患者，把他们抢救过来是医生的责任，这次我来，就是要当一个医生。’”

人民医院东院区重症医学科主任周晨亮说：“李院士提出的治疗方案，缩短了危重患者的病程。有一位呼吸衰竭、高热的患者做了两次人工肝治疗后，5 天后转出 ICU。”

在记者的镜头下，李兰娟说：“核酸检测一定要每天检，它最重要的是观察人身上的病毒。我在 SARS 的时候每天早晨做，到第十三天的时候，一个患者的核酸检测阴性了。我就告诉 ICU 病房里的医生、护士，说这个患者没有传染性了。而且不仅要检测血液，还要检测大便，大便里面有没有病毒也很重要。”

经过3小时的讨论，治疗方案终于确定。2月5日一早，李兰娟带领团队对部分危重患者实施救治。她仔细交代需要注意的细节，并嘱咐大家一定要做好防护。

同行的汤灵玲告诉记者："李院士工作忘我，每天只睡3小时。"

记者："您好好保重啊。"

李兰娟："没问题，放心好了。家里人都担心我，其实我身体还是蛮好的。"

汤灵玲："李院士，您太逞强了，您比我们大几十岁呢。"

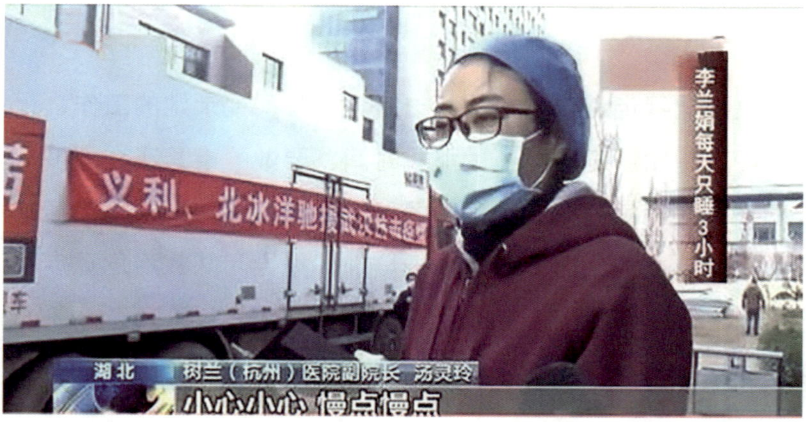

▲ 汤院长告诉记者李院士每天只睡3小时

李兰娟："没有问题，只是刚来的时候睡眠比较少一点，现在……"

未待她说完，身后的医生便上前打断："现在每天凌晨1点多，李老师还会和我们讨论病情。"

工作时的李兰娟看起来总是精力充沛，但每天和她接触的汤灵玲明显觉得她瘦了很多，原来的衣服穿起来都有些宽松了。汤玲灵说，李院士有操不完的心："说的都是感染人数多、危重症这些词。那是她最关心的问题。"

操心，是因为她考虑的事情太多。除了防控救治，在科研战场上，她带领团队进行顶层设计，在进行病原学检测、发病机制、流行病学调查、临床救治技术以及诊断试剂、疫苗和药物等方面，进行了系列研究。在病原学研究方面，李兰娟带领的传染病诊治国家重点实验室已分离出 14 株病毒毒株，用于抗病毒药物的筛选和疫苗的研究；此外，她还带领团队通过大数据人工智能技术，在 151 种已上市的抗病毒药物中筛选到 5 种可能对新冠病毒有效的药物，通过实验室体外药物抗病毒试验验证显示有抗病毒作用，为临床药物选择提供了依据。这些是被人熟知的。

短短不到 3 分钟的新闻视频，却一次又一次让人鼻头发酸。正是因为有了李兰娟这样的一线医护工作者，百姓才对这场战役充满信心！网友们都纷纷留言："请李奶奶爱惜自己、保重身体。你是我们的骄傲，也是我们的希望。"

2月6日

春运返工后，应如何防范新冠病毒感染

什么样的人容易引发重症？返工后大众如何做好新冠病毒预防？老人和孩子应如何做好防护？带着这些问题，2月6日下午3时，国家卫生健康委高级别专家组成员、中国工程院院士李兰娟在百忙之中到“大健康讲堂”现场访谈，为大家一一解答。

关于新冠肺炎的确诊，如出现了发热的症状，他们是不是要马上到医院去呢？对此，李兰娟答道：“对，如果有发热，必须立即到医院，应该到发热门诊去就诊。按照发热门诊的要求进行各种检查。因为有的发热不一定是新冠肺炎，可能是其他感冒，或者是其他细菌性肺炎等。也有一部分或者少数人是新冠肺炎，都要接受医院医生的检查，需要做一个新冠肺炎的检测。”

现在也是普通流感一个高发的时期。新冠肺炎的症状和普通流感的症状有哪些不一样的地方呢？李兰娟答道：“症状方面呢，两者有许多非常相似之处，都有发热。普通流感咳嗽、上呼吸道症状更明显一些。有的新冠肺炎患者表现是干咳，甚至早期不舒服症状都不是太明显。所以一旦发热要到医院去检查，做个肺部CT，那就能够比较明确，有个初步诊断。再借助于核酸检测，那么是不是新冠肺炎就非常明确了。”

随着许多企业和工厂陆续复工，会对疫情产生怎样的影响？那么又该如何控制疫情的蔓延？李兰娟认为：“全国各地已陆续复工，最关键还是要严防感染的人。目前我们已通过各种大数据的手段，把一些感染者与接触者找出来了，将感染者隔离治疗，有接触者进行医学观察，只有这个事情做到位了、做彻底了，所有其他的单位就比较安全，包括养老机构、幼儿园、学校，这个关键大家一定要清楚。如果工作不得力，把这些人漏掉了，没有查出来，病毒携带者就会暗暗将病毒传播给其他人，那么还有可能疫情在某一个地方再蔓延。所以这个问题实际上很重要，必须通过现有大数据等手段尽快把这些人都找出来。每个人要了解自己，去过高风险地区或者接触过的，要自我进行医学观察 14 天，这样就比较安全。”

谈及春运返程问题，李兰娟说：“公共交通像飞机、火车都已进行消毒，但因为一起乘坐的人比较多，所以必须要戴口罩，这样既能防止自己传染别人，也能防止别人传染自己。在公共交通里，主要风险是呼吸道的传播，所以戴口罩是最重要的。回到家里勤洗手，甚至洗个澡。”

为有效减少人员聚集，阻断疫情传播，国务院 1 月 27 日下发通知延长 2020 年春节假期至 2 月 2 日，此后多地出台政策，鼓励远程办公，不少企业将坐班时间推迟至 2 月 9 日以后。那么，开始上班后在办公室办公、食堂就餐的过程中会不会有感染风险？李兰娟指出，其实在办公室和公共场所，各个单位都加强了卫生消毒工作，所以应该还是可以正常上班、工作和吃饭。

“现在是互联网时代，互联网开会十分方便，我们最好充分利用现代化手段开展工作。”李兰娟建议，如果必须要现场开会的话，大家一定要戴好口罩，房间要注意通风、通气，尽量使房间保持干净卫生。

她指出，从临床经验出发，重症患者主要包括一些患有慢性病、老年病的老年人，他们免疫功能比较低下，容易转化为重症。如果确诊了新冠肺炎，最好要进行早期抗病毒治疗，这样就可以减少重症发生率。

那么，很多老年人在家里面居家，他们应该如何做好防护措施？对此，李兰娟建议：“第一，如家里没人感染的话，不到外面去，家里还是安全的。不过家里要注意通风、通气，保持房间干净，少串门。第二，老年人可以出门到人少的地方散步，锻炼身体。现在只要不是在武汉地区，其他省市，外面的环境人都比较少，这些地方还是很安全的，可以去散步，锻炼身体。如果必须有人员接触，注意保持距离，不要近距离接触。”

如今，很多老年人选择去养老机构养老，那么对于养老机构而言如何加强防控？李兰娟认为：“养老机构的疫情防控任务还是比较重的，主要是加强外来人员检测和控制工作。养老机构的老年人不到外面去，都是没感染的健康的状态。所以对外来人员，一定要调查清楚，他们有没有去过高风险地区，有没有与高风险地区人员接触史，有没有接触过感染新冠肺炎患者，这些情况一定要把好关。养老机构内部没有发生新冠肺炎感染的话还是很安全的。”

除了老年人，大家还特别关心小孩防控的问题，我们看到许多婴幼儿也感染病毒。对于一些不愿意佩戴口罩的小孩该怎么办？对此，李兰娟建议：“小孩尽量不要到公众场合去，在家里学习、活动，避免到公众场合去。万一要去，也都要戴口罩。而且，小孩和大人都是易感染人群。”

最后，李兰娟还提到，目前医护人员很辛苦、很疲劳，回家后一定要好好休息，适当地补充营养，使疲劳的身体能够休息。尤其是睡眠要好，好好地睡一觉，特别重要。

2月7日

学生眼中的李兰娟——是抗“疫”先锋，更是“夏履桥”

正在武汉一线抗“疫”的李兰娟牵动了无数人的心。李兰娟的学生、浙江大学医学院 2017 级博士生谢娇娇讲述了她眼中的老师。

现在是北京时间 2 月 7 日中午，而在我（谢娇娇）所在的美国康州，还是 2 月 6 日的夜晚。人们陆续进入梦乡，窗外星光闪烁。我清点打包好一批口罩，明天一早它们就会坐上飞回杭州的航班，被送到浙江大学附属医院的一线前辈们手里。在箱子里，我放了鼓励贺卡，上面绘着的正是指引了我前行道路的“慈母”、我的博士生导师——李兰娟院士。

◀ 谢娇娇在打包好的快递箱中，放了一张绘着李兰娟头像的贺卡

“我的本职是一名医生，无论什么时候。”李老师常这样说。青年时期的李老师，靠着助学金读完中学。中学毕业后，在每个月 24 块钱工资的代课老师和只有 3 块钱的赤脚医生之间，她选择了后者。她背起药箱，走家串户，随叫随到。夏履桥全村 1300 多个村民，没有一个不认识她。

如今，老师的微信名依旧是她的家乡的名字，她医学梦开始的地方。她最关心的，也依旧是患者。我想，正是坚守着这份初心与情怀，李老师才成长为如今人们眼中的国士。

作为著名的传染病学专家、国际微生态领域和人工肝领域的研究者，李老师冲锋在重大疫情的一线救死扶伤，有决断力和远见，敢于特事特办而非循规蹈矩。2003 年 SARS 肆虐，时任浙江省卫生厅厅长的李老师顶着压力，连夜给卫生部部长、省委书记、市委书记打电话说明情况。在浙江省委省政府的坚强领导下，浙江一夜之间隔离了 1000 多人，在全国率先推出了科学隔离的样板。而浙江“零严重后遗症”、无医护人员感染、无二代患者的奇迹至今仍为人称道。

2013 年，新型 H7N9 病毒在东部省份出现，死亡率高达 50%，李老师率领团队在 5 天内确认了病毒的病原，公布了基因序列。发现活禽市场的病毒和患者确诊的病毒基因同源性高达 99.4%，她迅速向上级反映，最终，浙江永久关闭了各区市的主城区活禽市场。面对患者，她提出了“四抗二平衡”救治方案，采取李氏人工肝清除“细胞因子风暴”的治疗措施，让危重症患者 5 天后脱离 ECMO，20 天顺利出院。而这套全球医治人数最多、治疗技术最为成熟的人工肝系统，老师不但没有申请专利，还一直在毫无保留地传授与推广。2013 年上半年的“H7N9 禽流感战疫”中，李老师所在浙大一院的治愈率达 80%，比全国高出 20%。

我老师的老师——马亦林教授，如今 92 岁高龄，从医七十载，至今还坚持在浙江一院（浙江大学医学院附属第一医院）传染病科门诊坐诊。他穿过抗美援朝的炮火，把衣钵传承给李老师。李老师接过这个接力棒后，作为学科带头人，不仅带着团队获得了 2017 年度国家科技进步奖特等奖，更是将中国力量挺进了世界新发传染病防治的舞台，被世界卫生组织评价为国际典范。“才不近仙者不可为医，德不近佛者不可为医。”在这些医学前辈身上，我真切地明白了什么叫作“国士无双”，什么叫作“民族脊梁”。

我能有幸成为这医学传承中的一员，缘起本科时一次课程作业：去采访一位所学领域的前辈。时恰李兰娟院士来做一场讲座，我于是鼓起勇气给她发了邮件，没想到竟收到了回信。我当时问老师为什么选择从医，老师说：“这么多年来我最喜欢的身份还是医生，最大的快乐就是治病救人。”现在作为李老师麾下的传染病学方向的一名博士，我在老师的引领下，在理想信念的道路上探索前行。回望这段故事，我深感缘分的奇妙。

2018 年教师节，李老师的学生挤满了一屋子，她高兴地说道：“我今年 70 了，手中的接力棒要传下去。希望同学们快快成长，茁壮成长，医学发展需要后继有人。”这时我才意识到，原来历史的接力棒，已经交到我们手里。

我曾也看到一些伤医的新闻，我们也有迷茫和困顿，犹豫是否该继续临床医学这条路。身边亲朋也有所不解：医学的女院士和女博士，为什么非要去研究“大便”和“细菌”这些“不体面”的东西？现在，我能想到的回答，便是老师曾经的那句：‘我喜欢医生这个职业，解除患者痛苦是我一生的追求。”

“严谨求实、开拓创新、勇攀高峰、造福人民。”——这是李老师常挂嘴边的座右铭，我用它与大家共勉！

2月11日

“浙江经验”，初显成效

据国家卫生健康委统计，截至2月11日24时，31个省（自治区、直辖市）和新疆生产建设兵团报告，现有确诊病例38800例（其中重症病例8204例），累计治愈出院病例4740例，累计死亡病例1113例，累计报告确诊病例44653例，现有疑似病例16067例。

国家卫生健康委新闻发言人米锋介绍，武汉新增疑似病例由2月5日高峰日的2071例，波动下降至2月10日的921例，说明疑似患者存量正在加速分流和消化，既为患者接受规范化治疗，减少重症、危重症的发生赢得时间，也为后续可能发生的疑似患者腾出了检测等方面的资源，为武汉、湖北及全国打赢疫情阻击战创造了条件。

中国疾控中心流行病学首席专家吴尊友表示，通过对近千起聚集性疫情进行分析，发现83%以家庭为单位，另外常见的有医院、学校、商场、工厂、企业等。如果家里有患者，家人一定要做好防护，注意通风，个人注意卫生，避免聚会聚餐，乘车也要做好防护措施。

“人民医院东院是重症患者收治的定点医院，所以有许多重症和危重症的患者，我们用浙江带来的人工肝技术，连续抢救了8位危重症患者，效果不错，已有2名危重症患者转出了ICU。”2月11日，从支援武汉的李兰娟团队传来好消息，人工肝系统、“四抗二平衡”救治方案初显成效。

无论是在武汉的抗疫前线，还是在杭州的日常工作中，李兰娟都始终坚持一个想法：“作为医生，要真正了解患者病情，除了听汇报，自己一定要去病房看一下。患者的一切情况都要引起医生重视。尤其是重症患者，许多病情的变化，如果能够在早期发现、诊断、治疗，就有可能避免转为危重症，甚至避免死亡。一个医生一定要在患者身边，才能做出正确判断和决策，这是作为医生最起码的责任。”李兰娟不仅是这么说的，也是这么做的。

这天，像往常一样，李兰娟穿着防护服走进 ICU，看望了患者，听取了医生对 7 名危重患者情况的汇报，患者经人工肝治疗，较之前均有所改善。李兰娟分析了每一位患者的病情，决定给其中 2 位继续做人工肝治疗。她在 ICU 病房说：“这些危重症患者体内均出现了‘细胞因子风暴’，通过人工肝血液净化技术，清除了炎症因子，消除‘细胞因子风暴’，从而使患者呼吸困难症状得到改善，提升了血氧饱和度。这些患者肠道微生态往往是紊乱的，我们要采取微生态平衡的治疗方法，做好肠内营养，补充微生态调节剂，结合中医药治疗，以减少细菌移位导致的继发感染。”

“为什么您一定要自己进 ICU 呢？”

“这是一名医生的责任。”李兰娟回答，患者的病情变化是很复杂的，牵挂患者的她要和其他医护人员一起共同观察病情变化，制定治疗方案，共同坚守奋斗。

▲ 李兰娟与团队准备进入重症监护室查房

在重症监护室里看到那么多的危重症患者，李兰娟的心情非常沉重，她说，唯有尽自己最大的努力去抢救一个个患者，才不辜负患者和人民的期望！

一线医护人员会在防护服上写名字区分彼此，而李兰娟除了写上自己的名字，还写着“武汉加油”四个字，这四个字压在她的身上，重若千钧。

虽然已在前线高强度奋战了许多天，但是由李兰娟率领的医疗队成员精神状态非常好，斗志昂扬，“每天早上进病房，一直要工作到晚上 10 点多才回到驻地，然后开会讨论总结白天治疗的情况，以及第二天的工作计划，非常辛苦，但是整个团队大家齐心协力，不怕苦不怕累！”

当被问到何时归来时，李兰娟回答：“我希望能够在武汉和大家一起奋战，让人工肝技术得到更好的应用，抢救更多患者！”

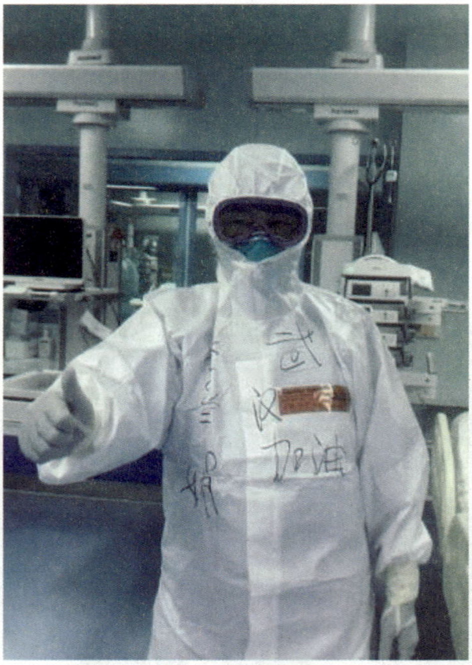

▲ 防护服上，除了李兰娟的名字，
还写了四个大字——武汉加油

2月14日

攻坚克难，出谋划策

“我们来了没多久，医院已经收了几百个危重患者、重症患者了，再过两三天，还要增加几百个。对于一家大型综合医院来说，超过 80 个危重症患者压力都非常大了，何况是这么多个。氧气、呼吸机都不够用，医护人员的口罩、防护服也不够，困难很大。医院里面是患者不断增加，外面是检测难、住院难，形势非常严峻。”即便经历过“非典”、H7N9 型禽流感，即便从医生涯里已经见过数不尽的伤心，李兰娟仍然心情沉重，“心理压力蛮大”。

她没有时间休息，每天几乎只睡三四个小时，几项工作同时开展：指导团队救治危重症和重症患者，讨论诊疗方案；给防控工作提建议；给各地来武汉增援的医护人员进行培训；指导火神山、雷神山和方舱医院的工作；每天和传染病诊治国家重点实验室连线指导科研。

“我那时候最担心的是能不能把传染源真正控下来，隔离起来。”2 月初的武汉，这是最严峻的问题，“如果传染源还在外面的话，它还在传染人，武汉 1000 多万人啊，那还得了！对吧？所以，我反复建议要检测所有患者，要重视检测难的问题。”2 月 13 日，应勇调任湖北省委书记，他组建了一个专家群，李兰娟在群里反复说这个问题。

更早之前，她提出建议腾出几家医院或是会议中心来集中收治轻症患者。这与中国工程院副院长、中国医学科学院北京协和医学院校长王辰院士所提的方舱医院建议不谋而合。“检测是解决发现的困难，这个建议是要解决治疗的困难。这个难题必须解决，轻症患者也不能在外面，都要收治。”从 2 月 3 日起，在中央赴湖北指导组推动下，武汉及全国各方救援力量连夜行动，武汉三镇会展中心、体育场馆、工业厂房等陆续被征用改造成方舱医院，集中收治已确诊的轻症患者。

“检测难、住院难的问题开始解决，氧气、呼吸机的困难很快就解决了。”地毯式排查、大量检测试剂运抵、4万多名医护人员支援，武汉“病情”好转。回想起来，李兰娟觉得万幸：“我觉得在这个严峻的考验当中，我们确实因为有党中央、国务院的坚强领导，有全国人民的全力支持，才能这么快控下来。否则可能还会有更多人被感染，有更多人死亡。”

但很少有人知道，方舱医院还在建设早期时，李兰娟就去看了，还提出很多细致的意见：“患者住进来以后，大小便怎么办？洗漱怎么办？吃饭怎么办？大面积收治患者，还要注意性别……这些事情如果不做好，一个患者吵闹的话，就会影响一大片。”

◀ 李兰娟视察方舱医院

在后来的救治中，全国各地驰援武汉的医疗队大多驻扎在方舱医院进行救治，工作开展得极为细致。无论是图书角里安静看书的学生，还是教健体操的护士和跳广场舞的患者，都让人感受到了乐观、有序和温暖。

李兰娟还抽空给方舱医院的患者录制了声援广播："方舱医院在建设的时候，我也曾经来看过，并提了一些进一步完善的建议。现在我也很牵挂在方舱医院的你们。我知道无论是医生、护士还是患者，都有很大的压力，包括体力和精神上的。但是大家要有信心有决心，一定会越来越好！我们的信心来自党和国家给予的高度重视和全力支持，来自世界各地的援助之手，更依靠白衣逆行者的专业自信和你们每一位的积极努力！攻坚克难，万众一心。大家一起加油，我们必将战胜疫情！"

2月15日

“我把有效的治疗方案分享给大家，希望更多的患者早日出院”

2月15日，人在武汉的李兰娟为东莞市人民医院收治的两例新冠肺炎危重症患者进行远程会诊，制定了准确的治疗方案。对她来说，来自全国各地的远程会诊天天都有。她说：“我把有效的治疗方案分享给大家，希望更多的患者早日出院。”

李兰娟认真听取了东莞市人民医院专家对这两例危重症患者病情的汇报，肯定了目前医院为患者制定的诊疗方案，并提出下一步治疗建议。李兰娟的指导，为东莞市人民医院制定这两例新冠肺炎危重症患者下一步的治疗方案提供了新思路，对该医院为其他危重症患者开展救治工作具有重要的指导意义。

这两例新冠肺炎危重症患者中的一位是现年69岁的张女士。确诊患上新冠肺炎后，2月5日，她被送到东莞市人民医院ICU救治。之后，她的病情反复变化，多次出现危重情况。

其间，张女士接受了27天的气管插管、机械通气，由于反复气道出血，她每天行支纤镜1~2次，直到气道内痰液和血块清理干净为止。她还接受了20多天的反复俯卧位通气，这样非常考验护理水平的治疗方式，每天持续15小时，需要精细的护理。幸运的是，在输注恢复期血浆治疗后，张女士的肺部感染得到控制，病情较之前明显好转，自主咳嗽、咳痰能力也有所改善。

一组数据足可说明救治张女士的艰辛：抢救36天，包括气管插管27天，其间未切开气管，机械通气27天，反复肺内出血6次，行支纤镜21次；俯卧位通气9次，俯卧位时间达160多小时；使用康复者血浆3次，共900毫升。

“在整个诊治过程中，医疗团队付出很大的努力。”东莞市人民医院相关负责人介绍，由于张女士高龄有基础病，她的病情多次反复、危重，医院每天都进行多学科会诊，加上中西医联合治疗、护理团队的精心俯卧位护理、肠内营养早期实施等措施，通过各方面的工作，让张女士终于能痊愈出院。接到可以出院的消息后，张女士一直拉着医护人员的手聊天：“这么长时间的治疗，多亏了你们，感谢你们的救命之恩。希望疫情早日过去，让医护人员都可以休息下，你们太辛苦了！”

2月18日

最美逆行，携手抗“疫”

2 月 18 日下午，李兰娟在浙江省卫生健康委副主任曹启峰的陪同下，前往浙江医疗队武汉各个驻地，看望那里的医护人员。李兰娟还带去了《人工肝血液净化系统应用于重型、危重型新型冠状病毒肺炎治疗的专家共识》的小册子，和大家分享经验。

“大家辛苦了！”李兰娟的突然出现，让队员们一片欢腾。

李兰娟深入了解了医疗队救治工作的具体措施，并对医疗队工作给予充分肯定，对队员们敢于担当的精神给予高度评价。交谈中，李兰娟还结合多年经验和团队科研成果，对医疗队临床工作提出了许多专业的指导建议。她在临床中发现，人工肝对于新冠肺炎的重症患者效果明显，她带了连夜写的厚厚一摞资料现场开讲。

李兰娟鼓舞大家，“浙江经验”已经为抗“疫”战斗做出了贡献。她提到，现在的患者抗病毒治疗越早越好。

疫情防控是一场阻击战，也是一场总体战。调资源、共担当，响应“全国一盘棋”，浙江省累计向湖北省派出医疗队员 2018 人，分别支援武汉、荆门两市；在湖北医疗队经管患者 19486 人次，诊疗重症、危重症患者 9174 人次，累计治愈出院 366 人；累计开展实验室检查 13315 例次。

“武汉，我们来了！”1 月 25 日，农历庚子年第一天，浙江省首支抗击新冠肺炎疫情紧急医疗队在杭州集结，141 名“战士”出发赴武汉支援前线。

“我报名！我加入！”请战的声音，从全省各地医院争先恐后地发出。铮铮誓言，殷殷嘱托，从通知到出发，不到一天的时间，这支浙江抗击新冠肺炎紧急医疗队就组建完毕。

重症救治是最难啃的“硬骨头”，浙江派出最强医护力量驰援湖北。每个医疗队整建制承接一个病区，多学科团队协作救治。

集中患者、集中专家、集中资源、集中救治。广大医务工作者科学救治，与死神展开了殊死搏斗。

“疫情不止，我们不撤。”正如浙江省支援湖北省武汉市抗击新冠肺炎疫情前方指挥部指挥长、浙江省卫生健康委副主任曹启峰的承诺，浙江医疗队用最坚韧的坚守，与全国医疗队并肩作战。

在这场没有硝烟的战斗中，医护人员有苦不言，有难不怕，平凡而伟大。在厚厚的防护服下，我们不知道他们是谁，但是我们非常清楚，他们是为了谁。

元宵节的一碗汤圆，生日的一束鲜花，深夜食堂的热汤面……在前方，医护人员照顾患者，医疗队则给予工作和生活上强有力的保障。浙江特别派出心理医生队伍，帮医护人员和患者“治心”；防护服、口罩、医疗仪器和设备……在大后方，浙江人民不断捐款捐物，护航“最美逆行者”。

2月20日

“医者仁心，大爱有‘痕’”

2月19日，武汉市新增出院数首次超出新增确诊数。一减一增，意味着疫情防控积极向好的态势正在拓展。李兰娟对此指出，当前各级政府控制疫情措施的力度是很大的。按照此趋势下去，不用太长时间，武汉的疫情是能够控制下来的。

像过去的一样，李兰娟院士上午8时30分准时抵达人民医院东院区准备查房。这一次，中新社多媒体记者获准独家跟随李兰娟见证全过程。

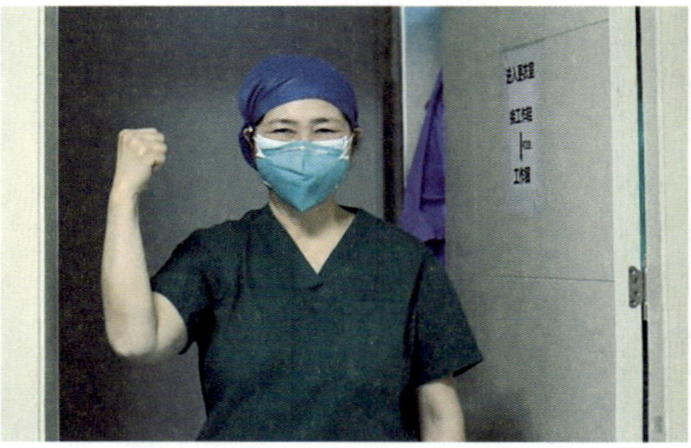

▲ 李兰娟进入人民医院东院重症病房查房

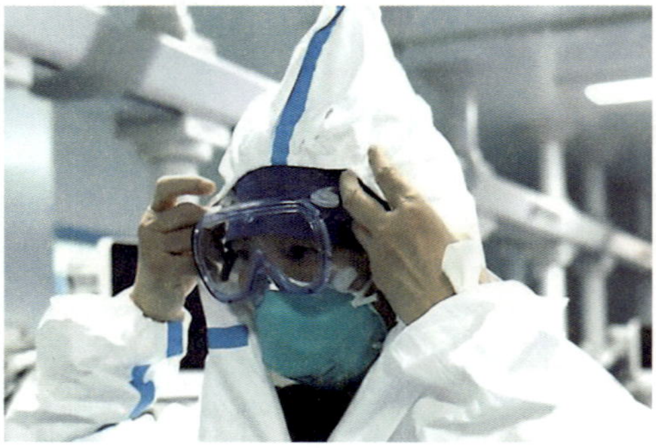

▲ 李兰娟在戴护目镜

“红区”，抗疫医院中重症隔离病房的别称。20日，73岁的李兰娟要进入“红区”重症监护室（ICU），探视8位新冠肺炎危重症患者病情。工作人员按铃打开更衣室大门后，李兰娟第一个走了进去，待记者再次见到她已在缓冲区内。

她全身被白色防护服裹严，仅露出护目镜下的双眼。助手在其防护服前胸和后背用马克笔写上姓名帮助辨认。为鼓舞同事士气，她建议在后背名字下方添上“加油”二字及叹号。这天正巧是其团队成员张园园生日。李兰娟拿过笔来，特意在她衣服上写下“园园生日快乐”。

戴上两层手套扎紧袖口、撕开防护衣胸前封条粘紧缝隙、盖上防护面罩……10 多道措施检查完毕，李兰娟的防护达到“红区”查房标准。

李兰娟走进第一间病房。站在床旁，她同患者做手势沟通、给予鼓励安慰，与同事了解人工肝治疗及患者情况，并观察治疗设备显示仪。

大约 10 分钟后，李兰娟出来再沿走廊一间间进行查房。有患者注意到李院士前来查房，向其表示由衷感谢。

▲ 李兰娟在团队成员张园园的防护服上书写“生日快乐”

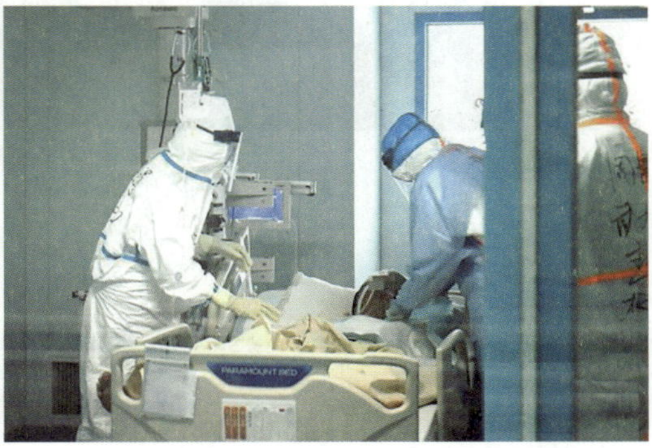

▲ 李兰娟（左）在给患者做检查

“有几位患者经人工肝的治疗已明显好转，其中一位估计明天就能转出 ICU。”李兰娟结束查房后透露，之前已有 3 位患者转出 ICU；病区内还有 4~5 位病况均出现好转、程度不一，2 位危重患者尚未脱离危险期、炎症明显。“当前最重要的是争取时间。”

脱掉防护装备，李兰娟面部的压痕清晰可见。可她却毫不在意，她更关心的是病房中的患者。她说，ICU 集中了全院病情最严重的患者，进入“红区”查房、面对面交流是增强患者信心的一种方式。“这也有利于我直接了解他们的情况，更好地与同事们讨论、制定治疗方案。”

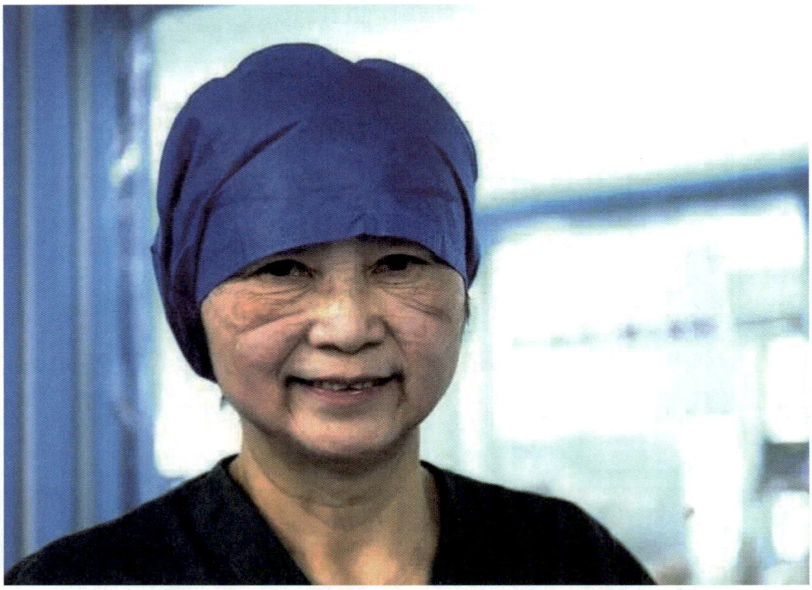

▲ 李兰娟院士脱下口罩后脸上留下深深的压痕

李兰娟还称，出院人数逐渐增多是各方辛苦努力的结果，我们的诊疗效果正开始显现。不过，当前疫情形势依旧严峻。“如果所有的感染患者都找出来了，那才是‘拐点’到了。”在李兰娟看来，不能仅从确诊、疑似病例等数据下降来判断疫情。不把传染源彻底、仔细找出，“谁都难说‘拐点’”。

回到指挥中心已过中午 12 时，李兰娟走到洗手池旁再次将双手清洗、消毒。查房完毕，她一天的工作才刚刚开始。

这天，《人民日报》微评，发表了《写在脸上的担当》：“一位古稀老人，奔波在一线，坚守在最危险的地方。李兰娟脸上的压痕是‘勋章’，更是撼人心魄的责任担当。”

2月24日

“这是喜事，我要去欢送他们！”

2 月 24 日下午 2 时 30 分，李兰娟收到一个邀请：武汉大学人民医院东院区有 19 名患者集体出院，请她一起去送行。顾不上休息，李兰娟迅速前往现场：“这是喜事，我要去欢送他们！”

第 100 位出院的患者是一位 29 岁的产妇，李兰娟院士和肖红军院长共同为她颁发了“战胜者”证书。听说孩子的检查结果都正常后，李兰娟非常高兴，嘱咐她出院后继续做好隔离，同时一定要加强营养，注意锻炼肺功能。

“刚进医院时，我都以为自己扛不过去了。多亏你们精心治疗，我才能走出医院的大门。”69 岁的梅女士按捺不住出院的喜悦，热泪盈眶地向李兰娟院士鞠躬致谢，“感谢你们帮助武汉人！” 她还不忘叮嘱比她年长 4 岁的李兰娟院士，在治疗患者的同时一定要多保重，多注意身体：“还有很多患者需要你们！”

肖红军院长表示，这 19 位患者集体出院，对在院治疗的 700 多位新冠肺炎患者，以及全力投入救治工作的东院区近 2000 名医护人员和 10 支外省医疗队的 1200 多名医疗队员，都是很大的鼓舞。“东院作为国家卫生健康委确定的重症新冠肺炎患者收治医院，全力救治重症及危重症患者，近期也迎来了出院高峰。但我们不能有丝毫松懈，需要更加努力、更加精准地救治，让危重症及重症患者从疾病中解脱出来。”

◀ 梅女士激动地向着李院士鞠躬致谢，李院士礼貌地鞠躬还礼

人民医院院长王高华介绍，采用“统一管理、分区负责”的方式，包括李兰娟团队在内的 10 省市 12 支医疗队和本地医护人员共 3500 多人成立了多个医疗救治小组，同时还混编成立了气管插管小组等专业小组，对重症、危重症患者实施多学科联合的“一人一策”精准治疗。李兰娟来到武汉后，对医疗人员的防护问题以及治疗患者方面给予指导。但李兰娟一再表示：“不要只提我个人，这属于整个团队的贡献。也不要提我 73 岁了还进 ICU，这是医护工作者的责任。”

▲ 李兰娟院士送别武汉大学人民医院东院区 19 名新冠肺炎重症治愈者出院，并给他们颁发“战胜者”证书

2月25日

湖北防控指挥部再调整

2 月 25 日下午，湖北省委书记、省新冠肺炎疫情防控指挥部指挥长应勇主持召开座谈会，听取综合专家组对当前疫情形势的研判及加强疫情防控、医疗救治、应急管理等工作的意见建议。

“湖北和武汉作为全国疫情防控的重中之重和决胜之地，打赢阻击战，需要全方位多角度倾听专家意见。”应勇开门见山，请大家直言不讳。

专家组召集李兰娟、王辰和向妮娟、杨维中、刘忠纯、昝军、曹亦农、金阳、胡克、刘家发等专家先后发言，围绕推动救治关口前移、加强医护培训与优化诊疗方案、提前做好复工复产疫情防控风险评估、精准做好流调隔离、加大社会心理干预力度、保障城市安全与加强社区治理、依法开展疫情防控等建言献策。应勇认真倾听，不时就疫情防控的突出问题与大家深入交流。

◀ 湖北省防控指挥部在原有相关专家组的基础上，成立了综合专家组，由来自医疗救治、疾病预防控制等方面的 20 位专家组成，李兰娟、王辰担任召集人

应勇代表省委省政府，对各位专家不畏艰险、为湖北和武汉疫情防控做出的重要贡献表示感谢和敬意。他说，当前疫情防控仍是湖北省头等大事和最重要工作，我们正紧紧围绕救治和阻隔两大关键环节把各项措施抓实抓细抓落

地。救治患者刻不容缓，要强化隔离点和方舱医院救治功能，提前对轻症患者加强医疗干预，避免成为重症，强化危重症患者“一对一”救治，千方百计提高治愈率、降低病亡率。同时兼顾保障好新冠肺炎治疗和其他患者日常急需医疗服务。着力控制传染源，阻断传播途径，在拉网式排查、持续滚动排查的基础上，充分利用大数据管理平台，精准识别“四类人员”、精准推送信息资料，及时加强收治救治，并对出院患者实行为期两周的康复隔离观察。

综合专家组主要职责包括指导临床诊治、疑难和危重病例临床抢救；研究提出疾病预防控制的策略和措施建议；指导监测评估疫情特点，加强疫情发展趋势分析研判并提出针对性建议；指导实施心理危机识别、干预和救援，减少和疏导医务人员及社会公众焦虑恐慌心理；指导公共危机应对，对善后工作进行前瞻性研究；为疫情防控提供法律咨询、法律服务和法治保障等。

除了医疗技术，信息的公开、透明、及时也非常关键，在李兰娟看来，只有把疫情信息公开，大家了解后，再来群防群治，传染病才能控制下来。“除了医院隔离，社区的发现和控制做得非常不错。这显示了中国特色社会主义制度的优势作用。这次中国能在这么短时间内把疫情控制住，是党中央的英明决策，广大医务人员的奋勇前进，以及全国人民大团结共同战斗的结果。”

开完座谈会后，李兰娟又亲自为从河南商丘来的白衣战士们辅导培训，传授经验。

“能和业界专家李兰娟院士共同战斗，这是多么难得的机会，哪怕是在病毒处处弥漫的隔离病房。”商丘援鄂医疗队重症组组长杨林激动地说，“李院士是我国感染病学家、中国人工肝开拓者、国家传染病重点学科带头人，能够跟随她实战，我觉得特别荣幸，也特别珍惜这次学习提高机会。不仅要学习她高超的医术、科学创新精神，更要学习她以 73 岁高龄深入病区一线救治患者的医者仁心、大爱奉献精神。”

◀ 李兰娟为援鄂医疗队进行专场培训

2月26日

你们是最美“逆行者”，武汉人民永远铭记

援鄂医疗队在武汉的生活怎么样？物资保障是否充足？工作开展还有哪些困难？带着这些问题和关切，2月26日下午，湖北省委常委、武汉市委书记王忠林专程看望慰问抗“疫”一线的院士专家，以及从全国各地集结援汉的医疗队队员，代表武汉市委、市政府向他们致以最崇高的敬意与最诚挚的感谢。

“您辛苦了！”来到院内的国家医疗队指挥中心，王忠林向李兰娟拱手致谢。李兰娟走上前，递上一沓厚厚的资料——一本《传染性非典型肺炎》、两叠最新研究成果，希望能给武汉市疫情防控提供一些借鉴。17年前，SARS肆虐，举全国之力抗之。《传染性非典型肺炎》一书就是对2003年SARS事件的全面总结。该书由李兰娟主编，钟南山任名誉主编，传染病诊治国家重点实验室组织抗疫一线从事基础研究、临床救治、疫情防控和卫生管理领域的专家，将2003年应对传染性非典型肺炎的诊治和防控成果、经验进行了回顾，对传染性非典型肺炎的临床诊治、流行病学和管理控制等进行了总结。其中的控制流行、诊治防护和应急管理等内容，对防治本次新型冠状病毒肺炎具有重要的借鉴价值。

王忠林说，这次新冠疫情，是新中国成立以来在我国发生的传播速度最快、感染范围最广、防控难度最大的一次重大突发公共卫生事件。兄弟省市和部队的医护工作者，在本该阖家团圆的日子离开家乡，义无反顾驰援武汉，充分展现了医者仁心、大爱无疆、救死扶伤的崇高精神，“你们是最美的‘逆行者’，是你们不惧风险、冲锋在前、点亮生命，武汉人民会永远铭记”。

◀ 王忠林专程看望慰问抗“疫”一线的院士专家，以及从全国各地集结援汉的医疗队队员

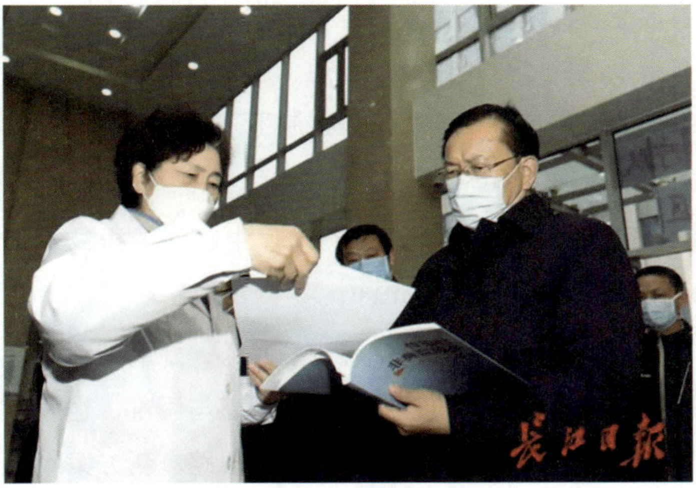

◀ 王忠林翻阅李兰娟递上的《传染性非典型肺炎》一书

2 月 27—28 日

跨越千里的视频连线

2 月 27 日，一场跨越千里的视频连线将海南和湖北联系起来。李兰娟通过视频连线，与海南省人民医院的专家们一起对海南新冠肺炎危重症患者进行了会诊。

李兰娟在认真听取海南省人民医院专家团队对该院一例新冠肺炎危重症患者的收治及诊疗情况汇报后，对该院为患者采取的诊疗方案和救治措施表示肯定。在详细询问了解该危重症患者的病史及诊疗过程后，李兰娟建议：一是要重视患者的护理工作，预防继发感染，保持呼吸道畅通，避免褥疮等；二是要加强营养、加强支持，维持肠道微生态平衡，将感染控制下来；三是在经过严格的伦理审查后，可适当运用一些前沿的医疗技术等。

李兰娟说，“四抗二平衡”救治方案在新冠肺炎治疗中起到了积极的作用，对于危重症患者的抗病毒治疗一定要持之以恒。

海南省人民医院相关负责人表示，感谢李兰娟院士的关心，她的细致解答和耐心指导，解决了省人民医院团队在救治过程中遇到的疑惑与困难，也为该院与海南省制定新冠肺炎危重症患者的下一步治疗提供了新思路、新方案。接下来，将结合她提出的宝贵意见和建议，用心做好新冠肺炎危重症患者的救治工作。

2 月 28 日下午 2 时，空军军医大学唐都医院专家团队与李兰娟团队进行视频连线，就 2 例危重症患者病情进行讨论和多学科会诊。

这 2 例患者分别是 68 岁和 83 岁的女性，双肺重度感染性病变，多器官功能衰竭，急行气管插管、有创通气、俯卧位通气。其中一位患者一度出现了 3 次休克，经全力抢救，病情有所稳定。

视频会诊中，双方专家团队围绕如何减轻肺部炎症和继发感染、解决有创通气并发症等问题，进行了深入探讨，针对抗病毒、抗感染、激素使用、免疫调节、气道护理和肠道微生态管理等方面提出一系列策略，为下一步有效治疗起到了积极作用。李兰娟团队对唐都医院前期救治工作给予充分肯定，认为唐都医院救治团队管理水平高，尤其是气管插管以及呼吸机、血管活性药物应用方面做得很好。传染科连建奇主任表示，下一步将按照李院士的指导积极调整治疗策略，制定最佳治疗方案，尽最大能力救治患者。

通过视频连线远程会诊，实现了专家资源、医疗资源、技术资源的共享和优势互补，进一步加强了双方的交流合作，有利于提高前线后方新冠肺炎患者的治愈率。

◀ 27 日视频连线海南省人民医院

◀ 28 日连线唐都医院

3月1日

“她是我们的战友，要全力以赴救治，绝不能放弃”

李兰娟团队负责的人民医院东院重症监护室住着一位特殊的危重症患者——一名感染了新型冠状病毒的医护人员。

2020 年 1 月，这名医护人员在接触发热患者后的 10 天左右，开始出现咽痛、发热，伴少许咳嗽。之后，肺部 CT 提示为典型的新冠肺炎表现，紧接着确诊核酸阳性。她从工作岗位上被撤了下来，住进了普通重症病房接受治疗。

2 月 5 日，由于病情迅速恶化，她转到了李兰娟团队负责的重症监护室，朱梦飞成了她的主管医生。

“将她推入重症监护室时，她的眼神中不仅焦虑，好像已经用她自己的医学知识给自己下了一张病危通知，不夸张地说有一种濒死感。”朱梦飞回忆。

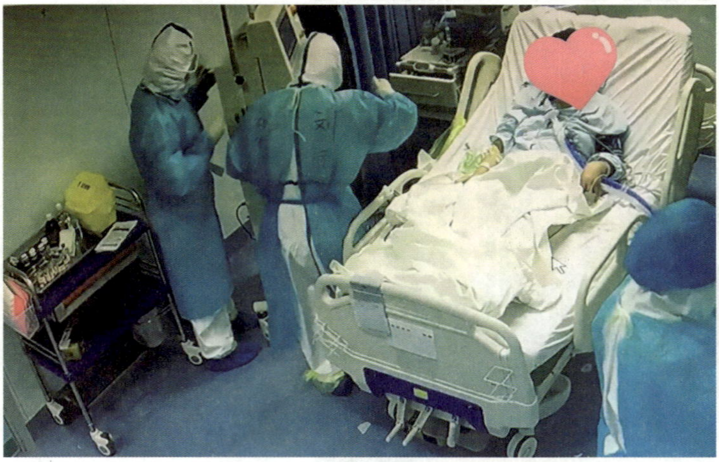

◀ 刘元春和朱梦飞正在全力救治患者

由于起病时间较长，错过了最佳的人工肝治疗时机，但李兰娟始终不放弃任何抢救患者的机会，下了一道死命令："梦飞，她是我们的战友，你们要全力以赴救治，绝不能放弃。"

呼吸由无创改为了气管插管，她出现了高热、感染性休克，患者病情不断恶化，使用大量的升压药，血压才能勉强维持，但是仍然波动较大，心率也持续达 130 次 / 分。由于缺氧明显，氧合指数低于了 80，她的瞳孔一度散到 0.9 厘米，对光反应不明显，很明显她已处于昏迷状态。

看着她病情的变化，所有医护人员的心情都很沉重，李兰娟每天查房，都会关注她的情况，指导抢救。大家都没有放弃，共为她做了 3 次人工肝治疗。团队精诚合作，制定治疗方案，加强气道管理、加强抗感染、抗休克、调整紊乱的内环境，精细化护理……

3 月 1 日，是她气管插管后的第 5 天，昏迷后的第 8 天。那天上午，护士张园园与刘元春走进病房时，发现她已经恢复意识，而且可以用眼神与她们进行交流，也可以按照指令配合做动作。

"醒了，她醒了。"张园园和刘元春喜极而泣，用了最大的声音通知外面的人。

"太好了！"正在武汉大学人民医院东院区国家医疗队指挥中心布置工作的李兰娟听到消息，立即像孩子般地拍手鼓掌，脸上洋溢着久违的笑容，她的笑感染了在场的每一个人。

朱梦飞说这是在武汉 1 个月以来，他所见到的最开心、最放松的李院士。这笑容诠释了一位医者对所有患者永不放弃的信念，这笑容兑现一位医者来武汉前对降低重症危重症患者病死率的庄重承诺，这笑容是将人工肝技术创新性地应用在救治重型、危重型新冠肺炎患者上得到的肯定。随着时间的推移和抗疫局势的持续转好，对李兰娟来说，这样的放松时刻越来越多，她的笑容也越来越多。

3月2日

火神山和雷神山

疫情前期，随着患者就医数量激增，武汉医疗机构床位全线告急。“重症患者从发病到住院的平均时间一度是 9.82 天，很多人在等待中由轻症转成重症。”国家卫生健康委医政医管局副局长焦雅辉说。

应收尽收，刻不容缓！这是党中央提出的明确要求，也是摆在武汉各级党委和政府面前的严峻课题。

借鉴抗击“非典”期间北京小汤山医院的成功经验，火神山、雷神山两家医院紧急开建。从 1 月 25 日开始，近万名工人 24 小时无缝衔接施工作业，近千台大型机械设备及运输车辆争分夺秒。10 天时间，总建筑面积 3.39 万平方米、编设 1000 张床位的火神山医院交付使用。

网上不少人说：“临时医院这种结构可不就是板房吗？有那么复杂吗？”确实是有的。中建三局三公司的工程技术员曾经完整地介绍了火神山样板房的设计情况。从表面来看，病房是一个普通的集装箱，里面却大有乾坤。打开气闭门，进来是一个缓冲间，这是个单独的隔离区域。整个房间内有一个成熟的新风系统，能形成一个负压（房间内压力比外面低）环境，有效地避免病毒随着气流传到外面，使病房处于一个有效的隔离系统中。病房内有一个由两层玻璃和一个紫外线系统组成的传递舱，患者的饭菜和药品通过传递舱里面的紫外线系统进行消毒，避免感染。房间内还有一个特色管道，污水将被排放到一个集中的处理系统。事实上，应急型医院的设计牵涉很多专业，要根据医疗需求进行一个平面布局，建筑、结构、机电、机械各方面还要进行配合。医院不只有病房、医生休息室，还有配套的消毒室、垃圾处理和焚烧系统、污水处理系统等。相关的配合设计都很多，这一切并不是像想象得那么简单。

◀ 火神山医院

随后不到 6 天时间，雷神山医院拔地而起。雷神山医院位于军运村附近，整体参照战地医院形式采用模块化设计，主要包括医疗用房区、医护保障区、医疗辅助区。总用地面积约 328 亩（1 亩≈666.67 平方米），建筑面积 7.99 万平方米，约 1 万余人的建设大军日夜兼程施工。雷神山医院是世界上最大、床位最多的传染病专科医院，规划 1500 张床位，共有 30 个普通病区，2 间 ICU，而且是严格按照传染病防控规范进行建设，包括三区（污染区、缓冲区、清洁区）两通道（医生通道、患者通道），并且所有病房均为负压病房，能够最大限度预防交叉感染。如此巨大而且复杂的工程，仅用 10 天时间就完工，可以说是世界罕见的中国速度、中国规模、中国效率、世界奇迹！

雷神山医院作为一家传染病医院，发生医院感染风险高。而医院感染防控的质量直接影响到患者和医护人员安危。国家卫生健康委新型冠状病毒肺炎医院感染防控指导专家李六亿、乔甫、茅一萍受聘担任武汉雷神山医院感染管理顾问，以高标准对医院进行管理。感控组制定了感控管理的各项规范，同时根据诊疗操作的危险程度，进行分层、分级管理，坚持全员培训，涵盖医护人员、后勤服务人员、志愿者，做到全员培训、人人知晓。

在各区域设置标识和提示，确保每一个队员都掌握防护流程。生活委员帮助队员反复训练标准操作，在医疗组、护理组出入病房时，都有感控组的值班人员陪同督导，逐项查验队员们穿戴、脱去防护用品的操作，确认合格后再出入。

医院设立了 44 个监测点，对医院环境 24 小时进行监测，感应式向后台发送数据，帮助医护人员实时获取设备状态、设备故障、预警提醒等信息，提高工作效率、保障消毒灭菌效果、杜绝感控事件、保护医患健康等。

一系列行之有效的严密措施，使医院投入运行以来，实现了施工零事故、医护零感染。

在医院治疗期间，最大的挑战是病患的心魔。有的患者，父亲感染病毒过世、母亲染病还在救治；还有的患者，夜不能寐、茶饭不思……有的患者压抑、悲观、焦虑，甚至有的患者感到绝望，放弃治疗。

“不要紧张，深呼吸”“要相信自己的身体，一定能胜”“你们不出院，我们不撤离”，病房内，医护人员常常与患者“共情”，鼓励他们战胜病毒。医院及时成立了心理评估与干预小组，实施共情治疗，一对一与患者进行线上康复指导、提供医学相关知识咨询、指导八段锦训练等，帮助患者建立战胜疾病的信心，快速康复。

3 月 2 日，李兰娟到雷神山医院对重症患者的救治进行指导。李兰娟讲述了此次新冠疫情的具体防控情况，并介绍了人工肝治疗重症新冠肺炎的工作开展情况，特别是介绍了针对新冠肺炎的“四抗二平衡”救治方案理念，并提出了干细胞对新冠肺炎引起的机化性肺炎的治疗价值应引起大家的关注和重视。

◀ 李兰娟院士在雷神山医院

3月3日

远程会诊，指导救治危重症患者

2020 年 2 月 5 日，一名发热并伴有胸闷、气短的 66 岁老年女性患者在家人的陪伴下来到西安交大一附院急诊科就诊，医生凭借职业的敏感性，高度怀疑感染新冠病毒，立即将患者从抢救室转移至急诊科单间病房隔离救治，经过快速核酸检测和胸部 CT 检查，确诊新冠病毒阳性并立即收入医院感染病房。患者入院后 51 小时，病情急转直下，快速进展到重型直至危重型，医疗团队先后为其进行无创呼吸机、气管插管、有创呼吸机、CRRT 等辅助治疗后病情依然很重，2 月 8 日晚讨论并准备 ECMO。2 月 9 日凌晨，医疗团队顺利实施 ECMO，经过一夜奋战，成功挽救患者生命。

为了救治这名全省最危重患者，西安交大一附院成立了由刘青光副院长牵头、多学科专家参加的救治团队，成立了 8 名医生、48 名护士参与的床旁救治小组，24 小时不间断对患者实施治疗，先后组织 117 次院内专家会诊、3 次全省大会诊。

3 月 3 日上午 9 时，李兰娟与交大一附院专家团队通过视频远程连线会诊，针对院内这名危重型新冠肺炎患者的病情进行讨论。

李兰娟在了解患者的基本病史和治疗汇报后，对交大一附院的救治工作表示了充分的肯定，认为救治专家团队的诊断治疗是切实有效的，在抗病毒、抗休克、抗低氧血症、抗继发感染和控制酸碱平衡、微生态平衡等方面做了大量准确的工作，ECMO 和人工肝的运用也很合理，特别是 ECMO 的成功运用非常不易，患者目前处在相对稳定的状态是与医院救治团队的努力分不开的。她建议在下一步的治疗中继续进行抗病毒治疗，对肠道微生态进行监控预防继发感染，并给出一些前瞻性的意见建议。

交大一附院刘青光副院长代表医院对李兰娟表示感谢。他表示，通过此次连线获得了很多具体的指导性建议，在患者下一步治疗中有很重要的作用，远程会诊为这例危重患者的治疗提供了很好的专家意见，希望双方能进一步加强合作，交流新冠肺炎患者的治疗经验，共同促进学科发展。

3月8日

特殊的入党仪式

3 月 8 日上午，湖北省委书记应勇、省长王晓东一行来到武汉大学人民医院东院区慰问抗击疫情一线的医务工作者，并特别看望慰问了李兰娟院士。

武汉大学人民医院东院区参与抗疫的女医务人员达 2040 人，其中外省支援湖北的女医疗队员 1097 人，古稀之年的李兰娟已带队在这里连续工作一个多月。在大家共同努力下，医院有效提高了患者治愈率、降低了病亡率。

应勇向“白衣巾帼战士”致以崇高敬意，他说：“疫情发生后，在以习近平同志为核心的党中央坚强领导和统一指挥下，全国人民齐心协力支援湖北和武汉，体现了‘一方有难、八方支援’的真情大爱，汇聚成战胜疫情的强大力量。你们放下放不下的家人、离开离不开的家庭，慷慨赴荆楚、白衣作战袍，同时间赛跑、与病魔较量，充分展现了医者仁心、大爱无疆的崇高精神，用实际行动为疫情防控斗争做出了重要贡献，也增强了全民抗疫信心。希望大家坚定必胜信念，保持昂扬斗志，做好科学防护，持续健康投入抗疫斗争。”

履职尽责、默默守护，这就是属于医护人员最质朴坚定的誓言！选择坚守，是因为对这片土地爱得深沉，无畏前行，是因为对每个生命用情至深；她们是家人最牵挂的母亲、妻子、女儿，她们更是白衣战士、逆行勇士、党员先锋；那一刻，她们将生命化作了无数次新生，那一刻，她们用温情沁润了亿万人心灵。

“我志愿加入中国共产党，接受党组织的号召，坚守前线，同心协力，坚决打赢疫情防控攻坚战！”这是一场特殊的入党仪式。3 月 8 日，她们在武汉抗疫一线迎来了第 110 个“三八”国际劳动妇女节。浙江省支援湖北省武汉

▲ 李兰娟院士领衔宣读入党誓词

市抗击新冠疫情指挥部临时党委决定，开展“巾帼红心向党　建功战疫一线”主题党日暨庆祝节日活动，共有46名同志火线入党，由李兰娟领衔共同宣誓。刘元春、张园园也是其中之一。宣誓之后，李兰娟为她们亲手佩戴党员徽章。

作为曾阻击过H7N9疫情的传染病专业护士，刘元春第一时间向组织提出希望奔赴武汉一线。2月1日中午，正上班的她接到医院指派支援武汉的任务后，立即打电话给妹妹，让她帮助准备必要生活物品，自己在医院迅速准备人工肝治疗需要的物资。那时候，刘元春的男友正住院治疗，但她将满腔的柔情化为祖国需要时前行的斗志，随李兰娟团队连夜奔赴抗疫一线。

为抢救危重症新冠肺炎患者，抵达武汉后，她利用娴熟的人工肝治疗技术，先后给16名患者开展人工肝治疗53例次。不少患者治疗后心率、血压、氧饱和度都大幅度趋向好转。

为了能够让更多医护人员掌握人工肝治疗技术，抢救更多的危重症患者，刘元春除了日常治疗之外，还承担起了“现场教学”工作。

实施复杂的人工肝治疗，流程多，体力消耗大，但为了尽可能抢救更多患者，刘元春咬紧牙关，忘我工作。忙碌时，刘元春一天要为3个患者做人工肝治疗，一个患者治疗结束才能继续下一个。她总是说：“我们努力一点儿，患者就多一点儿希望！”

刘元春说：“我有点儿低血糖。可能是在监护室待的时间比较久，还要穿着厚重的防护服。我还要给其他护士进行人工肝操作培训，协调沟通每天要说很多的话，耗氧量非常大，几乎处于低氧的状态。那天从监护室出来后，我的手抖个不停，人非常疲惫，回酒店倒头就睡了，第二天起来稍微恢复好一点儿就又去了医院，想着因为患者需要我，我不能穿着防护服倒下。”

在武汉抗疫一线，为了节省一套防护服或穿脱防护服的时间，许多白衣战士们，都是连续奋战。这件事也给刘元春提了醒，特别是在前线的抢救工作中，更要注意自己身体，只有拥有强健的体魄才能去帮助更多患者。除此之外，由于长时间戴口罩以及防护镜，许多医护人员脸上出现压疮也是不可避免的。于是，难得有了一张刘元春的正面照，脸上勒出的痕迹，被她自己调侃成了“百兽之王”——有一次脸出奇地疼，等回到住处洗完澡一看，原来脸上出现压疮了。但是稍稍休息后，又要继续啦。

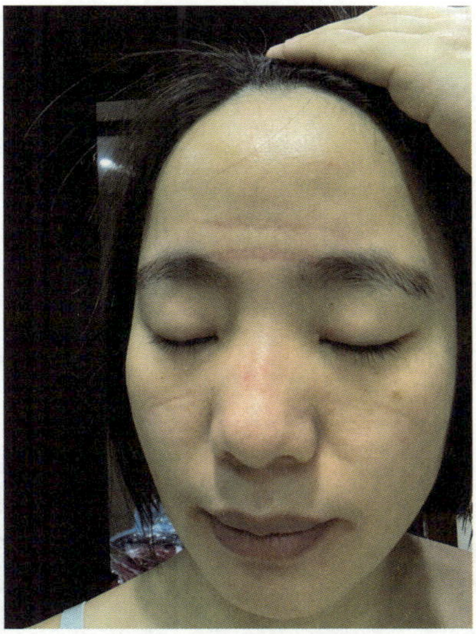

▲ 刘元春脸上的压痕

出征武汉前，张园园只来得及给寄住在外婆家的孩子打了一个电话：“妈妈要去外地工作，不能及时接电话，作业打卡给爸爸。”2008 年甲流、2013 年禽流感，张园园都是冲在一线进入负压病房从未缺席，每次三四个月的隔离时间，家人都已经习惯了。

因为之前曾有丰富的抗疫经验，这次她还肩负着督导其他人员院感防控、降低感染发生率的艰巨任务。隔离病区的感染风险最高，医护人员进入隔离病区前，必须做好个人防护措施，尽量保证在最紧密的状态。

有一次，张园园巡视到一位患者床边，患者刚好出现氧合下降，她马上使用密闭式吸痰管给患者吸痰，之后又拿起听诊器，仔细地听诊患者双肺，可是隔着防护服，听诊效果较差，她试图调整一下听诊器的耳塞，不小心就扯歪了面屏，隔壁的玻璃窗上传来“砰砰砰”的急促敲击声，她应声转头，看到玻璃窗上写着：“面屏。”同事误以为她要摘了面屏，隔着防护服都能感觉到对面的急切。

张园园曾遇到一位患者，在密闭的负压病房里住了5天，使用无创呼吸机辅助通气，精神消极，一度感觉治疗无望，处于崩溃边缘。张园园发现后，就上前告诉他，自己是来自浙江李兰娟院士团队的医疗组成员，李院士也已经进驻这所医院，随后还向这位患者介绍这一疾病发生发展过程，以及他在接下来这段时间的治疗中，需要配合的地方。

在听完这些宣教后，患者紧紧拉着张园园的手，转达他的感激之情。“他打开自己的手机，给我们看他手机里妻子与孩子的照片，还通过微信告诉他的家人：李院士和她的团队来了，看到希望了！”从那之后，张园园护士几次路过他病房门口，他都能隔着厚厚的防护服认出来，并竖起大拇指。

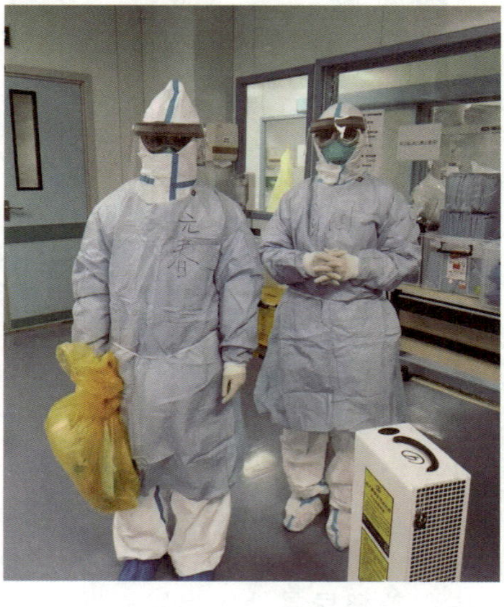

▲ 刘元春和张园园

刘元春、张园园是驰援武汉医护工作者的一个缩影，两人深受李兰娟等党员前辈的言行感召，深刻感受到，只有在中国共产党领导下的人民才能如此团结一致，抗击疫情，直至取得最终胜利。于是，她们向党组织郑重提交了入党申请书。张园园说：“作为一名驰援武汉的护理人，深感责任重大。在这个特殊时期，面对疫情蔓延的严峻考验，身边的党员模范带头给了我巨大的勇气，更加坚定了我为党为人民尽职尽责的信念。用实际行动践行誓言，接受党组织对我的考验！”

“119党员突击队”的9名队员是由光谷科技会展中心方舱医院转战到人民医院的，前后累计驻守时间超过2周，主要职责是就近开展防火巡查检查、处置突发安全事故、协助搬运医疗物资和生活物资等。3月8日上午，李兰娟在得知“119 党员突击队”进驻人民医院东院的消息后，专程来到消防执勤点，亲切看望全体消防指战员，对大家表示感谢。

在执勤点，李兰娟亲切地说：“感谢你们，你们是人民的守护神，守护着医院的安全，所有的医生、患者都感谢你们，祝你们健康平安！”“李院士，祝您节日快乐！您辛苦了！你们也要一定注意身体！”队员们也激动地向李院士致以真挚的节日祝福和最崇高的敬意。

▲ 李兰娟同“119 党员突击队”队员们合影留念

3月11日

警惕病毒“死灰复燃”和“境外输入”

3 月 11 日，武汉新增确诊病例 8 例，这是自疫情暴发以来首次降至个位数。针对“疫情什么时候能结束”“武汉什么时候能解封”“如何看待当前的抗‘疫’形势”等全国人民最为关心和期待的事情，在武汉已连续奋战一个多月的李兰娟在接受《人民日报》专访时，做出了回应。

李兰娟表示：“现在全国范围内疫情已经基本得到控制，武汉疫情也在明显变好，希望 3 月底新增病例可以全部清零。”“我们希望新增确诊病例能够尽快降到两位数，然后就要清零，但现在要一步一步来。”“现在全国各地都在安排复工了，湖北整体上已经得到控制，患者明显减少，存量也不多了。”

什么时候疫情结束？世界卫生组织对于传染病疫情结束的标准为最后一例确诊病例经过两次病毒检测均呈阴性起两个潜伏期后，将被认为该疫情已经结束。李兰娟表示：“因为此次疫情的特殊性，若说疫情基本结束，应该有两个非常重要的指标，一个是清零之后再过两个潜伏期的国际标准，另一个是把现有的病例全部找出来收治住院或隔离，以确保不再有新发病例。”

“从全国范围内来看，除湖北外的各个省基本可以回归到正常，武汉还要坚持一段时间。”李兰娟说。

李兰娟表示，现在还有两个更为严峻的任务，一个是警惕病毒“死灰复燃”，另一个是警惕境外的病例输入。

3 月 12 日

“看到患者一个个康复，我很开心”

“感谢你，李院士！是您和您的团队把我从死亡线上拉回来的，我太激动了……”3 月 12 日 11 时，在武汉大学人民医院东院区 CCU 病区，即将出院的 75 岁的李女士拉着李兰娟的手激动地说。

这天，像往常一样，李兰娟和其他医护人员进入 CCU 病房开始查房。在每一个病床前，李兰娟都拉着患者的手，查看病情，倾听患者的治疗感受，鼓励他们。

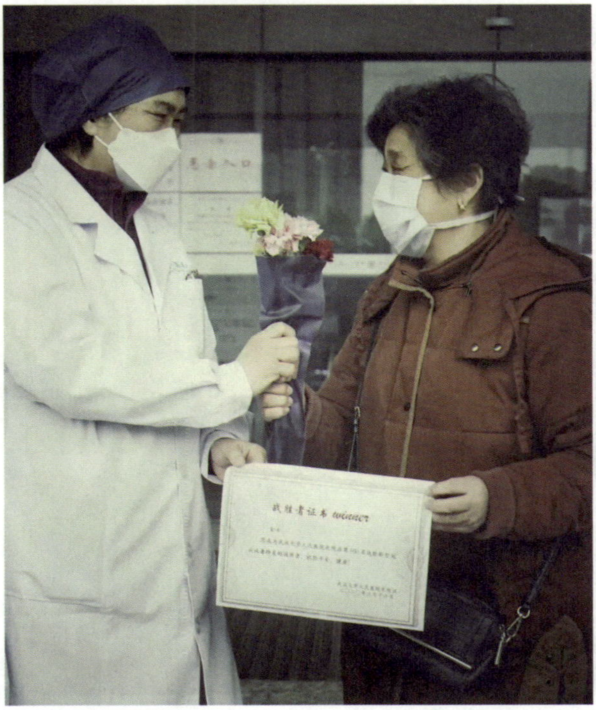

◀ 李兰娟为谢女士颁发“战胜者”证书

李兰娟沿走廊一间一间进行查房。当患者看到李兰娟院士前来查房，这么仔细地问诊自己的病情，都非常高兴，纷纷向其表示感谢，并表示一定树立信心，积极配合治疗。跟随李兰娟一同查房的其他医护人员，对她坚守一线的敬业精神由衷敬佩，称她是所有医护人员的榜样。

据人民医院东院区新冠肺炎救治指挥部指挥长张丙宏介绍，东院区联合包括李兰娟团队在内的全国12省市14支医疗队共3500余名医护协同作战，组建战时医务处，建立医疗队联席会制度，成立联合救治专家小组、降低病亡率专家小组，组建包括气管插管小组、血净小分队、气切小分队、中医药小组等专业小组，运用ECMO、人工肝等各种适宜尖端技术，对重症和危重症患者实施“一人一策”的精准治疗挽救生命。

从2月24日第100位患者治愈出院开始，东院区迎来了出院高峰，每天都有超过20位患者治愈出院。

“我做到了！李院士，没有辜负你和所有医护人员对我的付出！”3月16日下午，63岁的谢女士从人民医院东院区出院。出院时，她对前来送她的李兰娟院士表达感谢，她说在她病情危重的时候，是李兰娟院士的一句话激励了她。

▲ 李兰娟与谢女士一同竖起大拇指

2 月 1 日，63 岁的谢女士因“发热 4 天，呼吸急促，血氧饱和度只有 90%”，被诊断为重症新冠肺炎患者。她的病情发展很快，2 月 7 日转入医院 ICU，由李兰娟院士团队和东院区重症医学科周晨亮团队共同负责。肺部 X 线检查发现，谢女士正处在“细胞因子风暴”早期，免疫系统在损伤病毒的同时也给人体各脏器留下一连串伤害。

当时，谢女二血氧饱和度低，全身脏器都处于缺氧状态。这天，她眯缝着眼睛，看到一位年纪较大的女医生走进病房，在她耳边说：“你能挺过去的，相信自己！”原本悲观的谢女士听到这句话，激起了与病毒斗争的勇气。那时，她还不知道，这位在她耳边说话的，穿着厚厚防护服的女医生是李兰娟院士。

“要想办法帮她度过危险！”李兰娟院士团队经过会诊，决定为谢女士实施李氏人工肝、干细胞治疗和微生态调节治疗三大技术。

经过人工肝治疗后，谢女士白细胞介素 6 的指标从 57.6 皮克 / 毫升降到 4.26 皮克 / 毫升，呼吸困难的情况缓解，氧饱和度一直稳定在 95% 以上，她体内的“细胞因子风暴”被阻断。李兰娟院士团队和东院区重症医学科的共同努力，挽救了谢女士的生命。

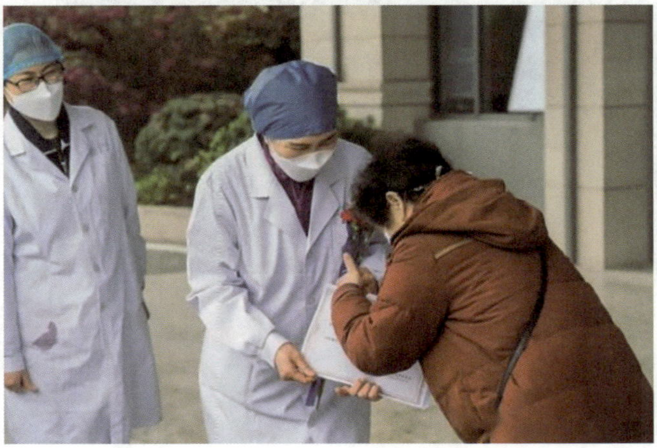

◀ 谢女士向李兰娟院士表示感谢

3月13日

来自火神山的经验交流

3月13日，李兰娟院士去火神山医院交流新冠肺炎救治经验，并做了题为“新型冠状病毒感染临床救治与研究”及“人工血液净化系统应用于重型、危重型新型冠状病毒肺炎治疗”的主题报告。

▲ 交流会现场

3月16日

院士谈武汉何时“解封”

3 月 16 日，李兰娟接受记者采访时表示，武汉疫情防控现在进入了“冲刺”阶段。到 3 月 20 日左右新增确诊人数有望清零，清零之后仍要进行 2 周的观察，如果不再有新增确诊患者，武汉才可以逐步解封复工复产。

李兰娟表示，到 3 月 20 日，过两天，武汉的新发感染基本上可以清零，清零以后，再观察 2 周，如果还是没有新发感染者，离汉通道的管控问题能妥善解决掉，恢复正常工作和生产生活。

同时，李兰娟也表示，即便实现新增患者清零，疫情防控工作仍然不到松劲的时候。仍要密切关注社区和发热门诊的防控工作，防止疫情“死灰复燃”。

李兰娟称，还有两大问题不能放松：第一，因为武汉毕竟是重灾区，要注意有没有潜在感染者在，有没有“死灰复燃”的情况，所以社区的防控还要非常小心，绝对不能放松；第二，每个医院的发热门诊一定要更加规范地开展，所有发热的患者都必须到发热门诊，发热门诊都必须进行流感包括新冠病毒的检测，万一有阳性的，要确实按照流行病学的要求隔离，包括密切接触者要隔离，发现一个隔离一个，不要造成新的流行。

李兰娟表示，现在全国的情况基本控制下来了，武汉也进入了决胜的阶段。“我们希望新增确诊病例能够尽快降到两位数，然后就要清零，但现在要一步一步来。”李兰娟说，“现在全国各地都在安排复工了，湖北整体上已经得到控制，患者明显减少，存量也不多了。”

谈起国际上的新冠疫情，李兰娟认为：“中国这个‘早发现、早诊断、早隔离、早治疗’经验，国际上世界上应该学习。尽快发现感染者、隔离感染者，给他治疗，让他不要去再传播给其他人，这个是最有效的方法，所以我们中国前段时间的经验，应该说取得了非常好的成功，他们应该好好借鉴我们中国的经验、中国的方法、中国的技术。”

3月17日

是院士，也是战士

李兰娟、钟南山、张伯礼、陈薇、黄璐琦……奋战在疫情防控一线的院士“天团”，一次次刷屏。3 月 17 日，《人民日报》刊登了《院士，也是战士》一文，讲述了 5 位奋战在湖北保卫战一线的中国科学院、中国工程院院士的抗疫故事。新冠疫情发生以来，他们挺身而出，不顾安危带领团队与时间赛跑、同病魔较量，在抗疫主战场发挥领军作用。他们心忧民瘼而展现的科学精神，标注了专业深度；不辞辛苦、忘我投入，则彰显了精神高度。而贯穿其中的人格魅力，又折射出科学家应具有的家国情怀。他们是院士，也是战士，更有国士的责任担当，向他们致敬！

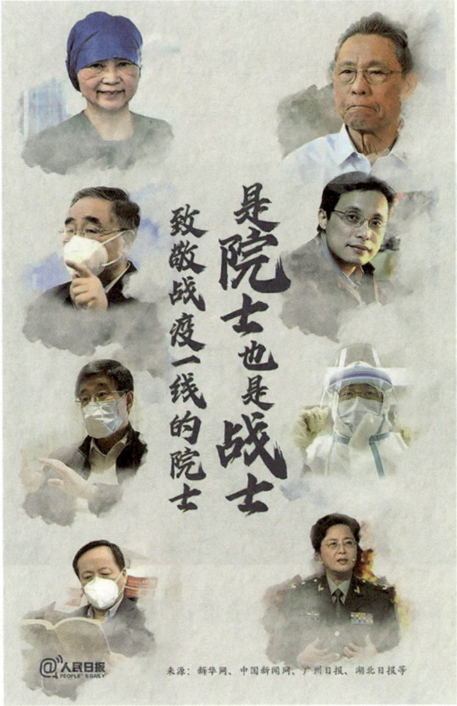

◀ 是院士也是战士

3月21日

为海外华侨“把脉开方”

随着新冠病毒在世界各国的蔓延，海外华侨华人的安全牵动着许多人的心，其中也包括李兰娟。3 月 21 日，浙江青田融媒体中心独家专访仍坚守在武汉抗疫一线的李兰娟院士，就海外华侨华人目前最关注的几个问题，通过视频连线的方式，进行了采访。

新冠疫情在海外蔓延以后，海外华侨应该如何做好防护？万一有了发热、咳嗽等疑似症状，又该怎么防护和救治呢？

对此，李兰娟说：“当你没有生病，没有发热时，那你在家里是最安全的。一般新冠肺炎患者早期可能有发热，有些会咳嗽、没有力气等，一旦有这些症状，加上有可疑患者接触史时就要到医院去做个检测。一般来讲，可以先做个咽拭子痰的检测，检查病毒核酸。如果核酸检测出来是阳性的，那么就说明你是感染了新冠病毒。但也有一些发热、喉咙痛的患者，不一定是感染了新冠病毒，也可能是流感或其他原因，所以需要进行进一步的检测明确。出现发热时，第一，可做个血（常规）检测，一般新冠患者的白细胞是不高的，如果结果显示白细胞很高，那可能是细菌感染。第二，可以到医院拍个胸片或者肺部 CT。如果肺部有炎症、阴影的话，再结合血常规白细胞不高，淋巴细胞低，那么就

▲ 李兰娟与海外华侨视频连线

要考虑新冠肺炎的可能，这时做了咽拭子新冠病毒的核酸阳性的话，就可以确诊为新冠肺炎了。这种患者，最好要到医院去住院隔离，因为在武汉我们得到了一个教训，往往在家里隔离，如果防护措施做得不当，可能会导致全家都感染。”

“一旦是新冠肺炎患者，要早决定进行抗病毒治疗，避免变成重症和危重症，这个是非常重要的。轻症和普通型的，一两周就会慢慢好了。一旦是重症和危重症，就会有生命危险，所以还是要到医院治疗。”

目前，青田已开通了海外侨胞“云问诊”平台。李兰娟认为：“这项工作非常非常重要，青田在海外的华侨，对我们中国有很大的贡献，对青田有很大的贡献。现在他们有困难的时候，我们理所当然要支持他们、帮助他们。青田的华侨，在意大利也好，在西班牙也好，都是我们的同胞。我们困难的时候他们全力支持，现在他们有困难的时候我们也要全力支持！我们这里通过两三个月的奋斗，我们也有一些经验可以向他们介绍。”

李兰娟不仅亲自为海外青田华侨“云把脉”，还表示接下来将通过各种“云平台”的资源共享，持续解答华侨们关心的防疫问题，竭尽所能地为海外侨胞提供必要的帮助。

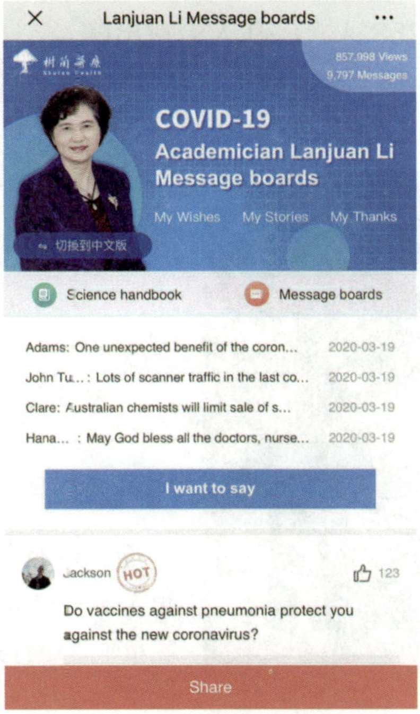

◀ 李兰娟留言板英文版

3月23日

带领“逆行天使”植下“感恩林”

3月23日，李兰娟院士领衔的来自全国14个省市21支医疗队2801名医护的代表，聚首人民医院东院区。他们将与东院区医护人员一起，强化疫情时期“超级医院”，对新冠肺炎重症救治的最后“堡垒”发起总攻。

“同新协力”“蜀你最好”“辽表寸心”“渝战渝勇”“浙风挡雨”“沪你周全”“鲁大壮”“秦劳勇敢”“随豫而安”“贵人相助”……从1月28日新疆第一批支援湖北医疗队抵达东院区开始，来自四川、辽宁、重庆、浙江、上海、山东、陕西、河南、贵州等地的13支医疗队，持续在被国家卫生健康委确定为新冠肺炎重症患者收治医院的东院区奋战，成功救治大批新冠肺炎患者。东院区疫情防控指挥长张丙宏介绍，截至3月22日，东院区累计收治新冠肺炎患者1517人，转出轻症253人，829人治愈出院。

◀ 李兰娟和支援武汉的医护人员一起在人民医院东院植下“逆行天使林”

“黑土曙光”“一鼓作气”“渝战渝勇”“赣做敢当”“国泰闽安”……随着疫情防控调整，原本奋战在其他救治战场的黑龙江、重庆、江苏、福建、江西等 8 支医疗队被调整到东院区，接力进行救治任务。

3 月 23 日上午，支援人民医院东院的贵州省第八批援鄂医疗队，将从贵州带来的全部救援物资，捐给人民医院。“我们心一直在战场上，坚定不移支持东院抗疫！”贵州省卫生健康委副主任、贵州援鄂医疗队武汉总领队杨慧说。贵州医疗队员专业、拼搏、奉献的精神不仅感动了武汉人民，也让李院士记忆深刻。第八批援鄂医疗队员撤离人民医院前，李院士亲切话别队员们：“贵州医疗队表现很好！等疫情过后，我也想去贵州尝尝酸汤鱼、肠旺面，逛逛黄果树、甲秀楼，还有神奇美丽的梵净山！”

上午 10 时，包括李兰娟在内的 21 支医疗队的代表，与人民医院的医护人员一起，在东院共同栽下了一片“逆行天使林”。“‘桂树’寓意‘贵人’，我们感谢全国人民特别是全国各地逆行的白衣天使们对湖北、对武汉、对人民医院抗疫事业的倾力支持。”人民医院院长王高华表示，这片树林将被确定为医院重要的职工教育基地，人民医院全院职工，包括每年新入职职工，都将来这里接受感恩教育。

援鄂医疗队员不会忘记，在繁重的救治任务之余，李兰娟多次举行学术报告会，将“四抗二平衡”救治方案及人工肝、微生态、干细胞等技术毫无保留地传授给驰援武汉的各省医疗队，推动新冠肺炎救治水平提升。

人民医院全体医护人员不会忘记，得益于李兰娟团队的到来，在院士团队指导下，该院还开展了一期和二期新药临床研究。“人民医院东院区是武汉抗疫的主战场之一，在我们最困难的时刻，李院士的到来，不仅给我们医护人员带来了莫大的鼓舞和信心，也给武汉带来了战胜疫情的必胜信心。”人民医院院长王高华感叹道。

3月25日

武汉双清零

3月25日，湖北省卫生健康委公布的疫情数据显示，全省现有重症1050例、危重症318例，均在定点医疗机构接受隔离治疗。

在李兰娟看来，当重症和危重症患者的总数降到1000例以下时，武汉本地的医院就有能力全部接手了，那时她才能回杭州。“现在我们还有一些危重患者在医院，有很多转到人民医院了，所以我在这边尽量救治每一个患者。我想重症和危重症降到1000例以下应该不会太久，大概3月底、4月初吧，那时候我的任务才算是告一段落。”

3月8日妇女节那天，湖北省委书记应勇到医院看望慰问，李兰娟做了预判，“估计到3月中旬，20日左右能够清零”。果然，3月18日，武汉新增确诊病例首次为零，同时新增疑似病例为零，现有疑似病例为零。3月24日，湖北省新冠肺炎疫情防控指挥部发布通告，武汉市将于4月8日起解除离汉离鄂通道管控措施。

“4月8日‘解封’是非常稳重的，武汉的抗疫斗争……伟大的武汉……”李兰娟语速很快，此刻突然沉默了一下，她想起初抵武汉支援的情景，“来的时候心情非常沉重，那么多患者，有的甚至救不过来，去世了……后面形势好起来，患者大幅度减少，大量的患者救治过来、出院，我们的心情也一天天好起来。”

3月25日，李兰娟在接受采访时，仍然提醒接下来的防控不能放松。“现在武汉的这场斗争已经取得了决定性的胜利。下一步我们任务还是很艰巨，武汉要坚守，防止‘死灰复燃’，尤其是社区这一关还要把好，外面有少数漏网的感染者要及时发现，通过发热门诊切实地检测，切实地干预，切实地治疗，实现彻底清零。另外是国际疫情凶猛，我们一定要严防死守，对国外回来的人必须严格地隔离 14 天并且进行检测，真正呈阴性的才能到社会上接触其他人。”

3月28日

“搞传染病的冲锋在前，大家才会一块往前冲”

从2月1日主动请缨赶赴武汉参与新冠肺炎重症和危重症患者救治，李兰娟团队在武汉抗疫一线连续奋战了近2个月。3月28日，李兰娟接受了中央纪委国家监委网站的专访。

记者：“李院士，您来武汉已经快2个月了，您还记得来武汉那天是几点到的吗？当天天气怎么样？您带的衣服够吗？”

李兰娟：“我是2月初来的武汉，到武汉是凌晨4点多，天气还很冷。来的时候匆匆忙忙，除了身上穿的衣服，就带了一套换洗用的，总共两套衣服，不过御寒是没有问题的。现在春天已经到来，天气渐渐转暖，我也很适应了。”

记者：“您来的时候疫情形势非常严峻，当时您怎么想？”

李兰娟：“刚来武汉的时候，我们第一步考虑的就是怎样成功救治重症和危重症患者，降低病死率。降低病死率可以稳定人心，在救治方面是非常重要的一块。后来进驻到人民医院东院区的ICU和CCU，这里专门收治重症和危重症患者。”

记者：“那段时间，您有一张面带压痕微笑的照片在全网热传，感动了无数人。有人说您的笑容给人信心和鼓励，意味着希望和胜利。我想知道，面对这么危险的传染病，您真的不怕吗？”

李兰娟：“我觉得这是一场传染病，它有传染性，尤其是有医护人员被感染，大家到这里来都有一个心理，就是害怕被传染，这个也是人之常情。人家问我怕不怕，我说一点儿都不怕也不是事实。作为一个传染病专家，我知道前面是有风险的，但是我们不往前冲谁往前冲？只有我们搞传染病的冲锋在前，大家才会一块往前冲。我们懂得怎样隔离、怎样治疗，只要严格按照消毒、隔离要求，把防护措施做到位，是可以预防被感染的。所以，我们心里是有底的。从这一点讲，我们带个头，大家更多人到这里来，在这场抗疫斗争中也是需要的。”

记者：“您和团队主要开展了哪些工作？取得了怎样的成效？”

李兰娟：“在重症救治方面，我们运用 H7N9 禽流感患者救治过程中累积总结的成功经验——‘四抗二平衡’救治方案，即抗病毒、抗休克、抗低氧血症与多器官功能衰竭、抗继发感染，维持水电解质酸碱平衡、维持肠道微生态平衡，用来减少感染，降低病死率。同时积极运用人工肝、微生态、干细胞等新技术，也起到非常好的效果。像新冠肺炎有不同阶段，先是轻症，再转为重症再到危重症。患者到重症的时候，往往会出现‘细胞因子风暴’，这时候如果阻断它，不让它发展成危重症，就能降低病死率。人工肝技术就是在患者起病 7 到 14 天之间，有‘细胞因子风暴’的时候，抢抓机遇治疗，阻断向危重症发展。通过以‘四抗二平衡’救治方案为核心，运用人工肝、干细胞、微生态三大技术救治重症患者，ICU 病死率显著下降，尤其处于‘细胞因子风暴’早期重症患者经人工肝治疗后，存活率达 100%。以前我所在的院区全部都是重症患者，现在进进出出，目前还剩 200 个左右。因为都是之前留下来的患者，‘细胞因子风暴’已经过去了，但好多有并发症，还要继续好好地治疗，争取让更多的患者得到康复。”

记者：“您刚才说的是诊治和护理方面的工作，对于疫情防控，我们都知道您也提了很多很好的建议，是这样吧？”

李兰娟：“党中央果断决策部署，非常英明地发出‘应收尽收、应治尽治’的号令。在疫情防控方面，我也从传染病防治的角度提出了一些建议，比如把武汉所有的宾馆全部动员起来收治轻症患者，把医院床位多腾点出来，将重症患者收治到有条件的医院。只有把社会上的感染者检测出来、收治隔离起来，疫情才能控制下来。后来，越来越多方舱医院建成使用，所有患者的检测、收治都做到了，形势一天天得到改善，重症患者救治的成功率也一天天提高，病死率不断下降。随着疫情的控制，我们的心情也慢慢好起来了。”

记者：“现在疫情防控取得了阶段性重要成果，您和在一线坚守的医护人员都付出了巨大努力。与刚来的时候相比，您现在是不是轻松一些了？”

李兰娟：“3 月 18 日 0—24 时，武汉市首次出现新增病例和疑似病例双清零，我心里也是非常高兴。现在武汉已经宣布 4 月 8 日解除通道管控，这是一件大好事。通过大家两个多月的战斗，我们抗击新冠疫情取得了伟大的阶段性胜利，应该说这是前所未有的。在这么短的时间里，这么严重的疫情能够控制下来，这是党中央英明决策、坚强领导的结果，是湖北省、武汉市广大干部群众共同努力的结果，也是全国人民尤其是广大医护工作者团结奋斗的结果。目前武汉疫情防控已经取得阶段性重要成效，但防治任务还没有结束，要继续抓好重症患者救治工作。我们会和武汉人民一起继续努力奋斗，为彻底取得全胜而努力。”

记者：“在特别艰难的抗击疫情斗争中，您是不是也有很大的心理压力，您怎么调节？有没有比较开心的时候？”

李兰娟：“早期的时候看到那么多患者死亡，心理压力也是很大的。但通过努力把患者治好，用我们的技术让他们好起来，这给了我很大的信心和鼓励。现在绝大部分患者都康复了，留下来的少数患者应该不久也能康复，对我们来讲是精神上的一个很大的支持。比如有一个患者，来的时候病情很重很重，运用人工肝技术，好起来了。但是因为入院治疗比较迟，继发感染败血症的症状又出来了，一度血压下降、瞳孔散大，情况非常严重。我们用了很多办法把她从死亡线拉回来，现在她基本上已经可以坐起来了，神智也清醒了，看到我们来查房，还一直拉着我的手，一再表达感谢。所以看到患者康复起来尤其出院的时候，我们心里是最开心的。”

记者：“您在病区巡查的时候，经常握着患者的手说，‘要挺住，要加油’，这种心理支持对于患者的康复是否也很重要？”

李兰娟：“是的。患者的康复一方面是医生的治疗，一方面他本人的精神状态，他自己的信心、勇气也是很重要的。所以我们常常鼓励患者‘你要挺住，要放心，一定能好起来的’，让他有信心配合医生治疗，他有信心了，免疫功能也会好一点。像最近出院的一个患者，她的病情也是很重很重，我就跟她说：‘你放心，要挺住，你会好起来的。’她也在迷迷糊糊中记住了：‘挺住！挺住！挺住！’这个患者出院的时候，拉着我的手说，当初记得一个年纪很大的医生在耳边说‘挺住’，没想到果真是李院士，心情就很激动。所以医生治疗患者不但要用药、用机器，还要给患者以安慰和鼓励，提高信心，这次我们的感受也是比较深的。”

记者：“您对当前疫情的趋势有何判断？我们何时能取得全胜？”

李兰娟：“我认为疫情可以分为两个阶段。第一个阶段是国内的疫情。我们打响了湖北保卫战、武汉保卫战，坚决遏制疫情扩散蔓延势头，目前各地新增本土确诊和疑似病例基本都已清零，复工复产也在有序推进，武汉到 4 月 8 日也将解除通道管控。应该说国内的疫情防控阻击战打了个大胜仗，取得了非常重要的阶段性成果。”

“但是我们不能因此而沾沾自喜，还有许多严峻的问题在后面。对于武汉本身来讲，尽管现在已经‘双清零’了，但还有少数的无症状感染者和已出院患者复阳的问题，特别是无症状感染者本身有传染性，所以一定要非常重视这个问题。要早发现，主要的手段就是进行检测，尤其是对有过高风险地区接触史、患者接触史这一类人要严格检测。另外要继续加强社区管理和防控，希望这些人能够主动报告，这样就能早发现，及时进行隔离和治疗，不至于再对其他人造成传染。总之，要坚决防止新冠病毒‘死灰复燃’，在武汉真正彻底控制下来。这个任务还需要一些时间。”

“第二个阶段是更严峻的任务，就是世界卫生组织已经宣布，现在疫情全球大流行。入境的人也会把疫情传进来，这一点是肯定的。尽管海关等部门采取了非常严格的措施，但有一些人都不知道自己已经感染。所以就需要通过大数据的手段，把这些潜在的感染者找出来，尽早对他们进行检测。一定要严防死守，抵御外来输入风险，防止第二次疫情。这是非常重要的任务。”

记者：“正如您所忧虑的，新冠疫情在全球迅速蔓延。您认为中国有哪些经验和措施可以供世界其他国家和地区借鉴？”

李兰娟："在治疗方面，我们中国有很多经验可以借鉴推广。第一条经验是抗病毒治疗，经过这么一场抗疫斗争下来，我们在临床上发现了一批有抗病毒效果的药物，包括现在国家诊疗方案中写的一些抗病毒药物，也包括一些中药也有抗病毒的效果，这次起了很大的作用。这些抗病毒治疗的经验，国外是可以学习的。因为大量轻症患者和普通患者，如果早期能抗病毒治疗，不发展成重症和危重症，这个难关很快就能过去。我们做过科研调查，早一天抗病毒治疗，重症发生率可降低 12%、病死率下降 13%。这次我们也是进行了抗病毒治疗之后，大量患者就没有转变为重症了。第二条经验就是治疗当中一旦已经变为重症，那就要在'细胞因子风暴'早中期的时候，应用人工肝技术来清除炎症介质。人工肝技术就是一个血液净化的技术，可清除炎症介质、胆红素、内毒素及中小分子有害物质，阻断'细胞因子风暴'，同时补充白蛋白、凝血因子等有益物质，调节水电解质、酸碱平衡，提高重症患者的救治成功率。这是非常有效的方法，也是值得学习的。第三条经验就是怎样利用抗生素减少继发感染。患者刚开始感染，不要使用太广谱的抗生素，真正到继发感染的时候再用抗生素，而且用微生态调节来减少继发感染，这一块在降低病死率方面也是非常重要的。在防控方面，中国的严防死守、控制流行病的策略和方案，国外也可以借鉴。"

记者："很多人都想问您，为什么选择医生这个职业？"

李兰娟："每个人的追求不一样，这辈子我选择做医生，我觉得很有价值。能够救死扶伤，能够减轻患者的痛苦，能够挽救患者的生命，对患者、对我们来讲都是很有意义、有价值的事情。我愿意这辈子做一个好医生。但是要做好一件事是需要花时间的，要有奋斗、有奉献，要通过艰苦的努力，才能够办成功一件事情。所以只要是工作的需要、抢救患者的需要，我可以舍弃其他为之奋斗。"

记者："您年过七旬还坚持奋战在一线，甚至有时候每天只睡三四个小时，支撑您的是什么秘诀？"

李兰娟："其实，也没什么秘诀，作为医生来讲，救死扶伤是我们天生的职责，尤其是我们传染科的医生，这么大的疫情一来，我们有责任挽救每一个患者的生命。我觉得人生就是要做事情，多做一点好事，做一些有益于人民的事情，人生才是有价值的。所以工作着是美丽的，这句话我的体会是比较深的。”

记者：“很多从事医学专业的年轻人都把您当作榜样，您对青年人有什么想说的？”

李兰娟：“我带了很多硕士生和博士生，我对他们提了 16 个字。第一就是‘严谨求实’。就是说作为学生、作为医生，就要有一个严谨的态度进行各种科学研究，要探寻真实的情况是什么。第二就是‘开拓创新’。我们不仅要学习先辈的经验，还要开拓创新，在许多没有掌握的科学领域去研究创新，要有这种劲头。第三是要‘勇攀高峰’。就是你学到了知识、技能和经验以后，不能满足在已经取得的一定成就上，还要继续努力，继续攻克科学难题。第四是‘造福人类’。我们所做的工作不是为了个人和家庭，而是对整个人类社会做出贡献。像这次新冠肺炎，我们来是为了抢救患者，是为了攻克它，最终对我们这个社会、这个世界做出贡献。这 16 个字是我对每一届学生都要讲一讲的。希望我的学生、我们的青年一代都做好工作，走好人生的路。”

记者：“关于完善重大疫情防控体制机制、健全国家公共卫生应急管理体系，您有哪些思考？”

李兰娟：“我认为要好好总结。今后，我们国家要更好地加强传染病科研体系和平台建设、防控基础设施建设和人才队伍建设。”

“在科研体系和平台建设上，要提升公共卫生和疾病防控科技创新成果转化能力，增强重大疾病治疗药物自主研发能力，同时改变数据共享及转化应用渠道不够通畅，科学研究、疾病控制、临床治疗协同性不够的问题。应该发挥现有力量，把最强的实验室作为核心，把有技术条件、有人员队伍的实验室发展成国家重点实验室，在地方上建立各个分支，全国一盘棋，把体系建设得更加完善。希望以后不管哪个地方出现疫情，都可以采取很快的应急反应，尤其是能够在早期进行应急反应。”

“在基础设施上，要加大投入、加强建设。建议每个综合性医院都应该有一栋有条件隔离传染病的大楼。按照“平战结合”模式，平时没有传染病的时候可以正常收治患者，有突发传染病时，就可以迅速改变，用来收治患者。”

“在人才队伍上，希望国家以后能够加大感染病（传染病）专科医生的培训力度，无论是用药、呼吸机应用还是人工肝治疗等技术，都应该让感染病（传染病）专科医生掌握这一套技能。同时提高感染病（传染病）医护人员的待遇，稳定专业队伍。”

3 月 30 日

现在的武汉让人放心了吗？

截至 3 月 29 日 24 时，武汉新冠肺炎现有确诊病例 1726 例，其中重症病例 597 例。湖北、武汉开始逐步解封，市民生活秩序逐步恢复。李兰娟在 3 月 30 日晚播出的央视《新闻 1+1》节目中，对市民关心的一些问题做出了解读。

无症状感染者是否会成为传染源？李兰娟表示，无症状感染者本身有传染性，所以是一个要非常重视的问题。主要是通过检测，尤其是有高风险地区接触史、患者接触史的人，一定要让他们主动报告，做好检测，发现后及时隔离和治疗，不至于再造成其他人的传播。在相关的密切接触者当中，要抱有观察无症状感染者的意识。如果有接触史的人，还是要观察 14 天，要做病原学检测，有些人不知道自己是否有接触史，可以用大数据的手段来发现哪些人有高风险地区接触史，这样来发现有接触的人对他们进行检测。

对于出院的患者，李兰娟认为，出院后 14 天的观察非常重要，主要观察几个方面：第一，患者的痰，还要再检测，有条件可以做大便检测，如果大便也转阴了，痰也转阴了，那是真正的转阴了；第二，出院以后，有的患者有肺炎，对肺部炎症的情况也要进行随访。所以一般 14 天如果全部都阴性的，“复阳”的可能性就比较小了。14 天以后，还是一个康复的过程，轻症患者应该没什么，重症患者肺部的炎症吸收还有一个康复的过程，要进行康复锻炼，也要对他进行随访。

“复阳”的问题有几种情况和可能：第一，患者在出院时，他的痰已经转阴了，但是他肺部深度还有感染，病灶当中有病毒，出院后抗病毒药物停了，病毒又显示出来了，这种叫真正的“复阳”，要再次住院、治疗；第二，检测试剂在检测时，有少数是准确性不够高、假阴性的情况，出院后检测又阳性了，这种患者也要再住院治疗。所以对于“复阳”的患者，一般来讲症状比较轻，再住院、再治疗还是有效的。

经过58天的一线奋战，李兰娟认为：“新冠肺炎并不是我们想象那么简单，它在世界大流行，我们需要有与它长期相处的准备，一方面复工复产复学，一方面对可能出现的疫情及时发现隔离。此外，我们还需要加快对疫苗的研发。”

面对新冠肺炎要吸取什么教训？李兰娟表示：“对一个新发传染病的认识，尤其是在早期，往往比较难，尤其对它的传播率的估计，病原学、传染性、发病期的认识都要从头来。我们要加强对新发传染病的预警预测水平和能力，要提高对传染病防治诊治的水平和能力，要进一步提高传染病防治队伍的水平和能力，尤其是公共设施方面还可以准备得更多一点儿。平时医院可以收普通患者，到战时能够收传染病患者，这样的病房每个医院今后也应该建一点儿。另外医疗机构的发热门诊都有了，但是还可以做得更完善一点儿。”

现在的武汉让人放心了吗？李兰娟表示，武汉清零已超10天，患者大幅减少，真正患病的人都在医院里，外面总体来讲已经安全了。所以，武汉人完全可以在4月8日解封以后，恢复正常的工作，复工复学等都可以。在武汉感染以后产生抗体的人，到了其他地方也不会被感染，在高风险位置上工作可能还更安全一点。所以对武汉的同志要比其他地方的同志更加关心，更加重视。

3 月 31 日

“能参加这场史无前例的‘战争’，我是自豪的！”

“感谢武汉，感谢武汉人民！”“回去了，我也会继续关注武汉的患者。”3 月 31 日，李兰娟团队即将荣归故里，临上车前，李兰娟动情地说。她的衣服上，已经被医疗队队员、武汉市民和康复患者们贴满了红心和点赞标签。从酒店大厅到门前登车的短短十来米，李兰娟一步一停，步步牵挂。

“同袍同泽，共克时艰；携手抗疫，医路有你”，“浙医尽锐勇出征，百战不回护人民”。上午 9 时，东湖高新区管委会、人民医院为李兰娟团队举行了简单而隆重的欢送仪式，两面锦旗包含着武汉人民说不完、道不尽的感激之情。

仪式上，人民医院向李兰娟院士赠送一幅书法作品——“中华脊梁”，4 个字苍劲有力。人民医院院长王高华说：“李院士在我们这里，做了各个方面的贡献，查房、讲课、指导、会议……确实起到了定海神针的作用。”

◀ 东湖高新区管委会、人民医院为李兰娟院士团队举行了简单而隆重的欢送仪式

东湖高新区管委会巡视员孙茜雯说，再多的言语也表达不了武汉人民对李兰娟院士团队辛苦付出的感谢，“希望他们下次来武汉，专程欣赏武汉的风景”。

“谢谢您，为武汉拼过命”“谢谢您为湖北人拼过命，热干面人民铭记于心”。送行现场，武汉市民拉出一条条横幅，表达对浙江省援鄂医疗队感激与不舍。前往机场的路上，载有医疗队的大巴车所到之处，私家车都停车鸣笛致意。

抵达天河机场后，李兰娟团队与其他同期返浙的医疗队会合。见到李兰娟，队员们齐声高喊“女神！女神！”出发大厅里，一遍一遍地回响着前来送行的人们“感谢浙江，向您致敬”的呼声。

“两个月来，我们与新冠病毒的斗争惊心动魄，这场伟大斗争已经取得了阶段性重要成果。在这次抗击疫情当中，武汉做出了重大的贡献，在我们国家甚至在国际上将成为一个历史的丰碑。我能参加这场史无前例的‘战争’，这个经历我终生难忘。我是自豪的。今天非常激动。短暂的时间里，武汉人民能取得巨大的胜利，我感到由衷的高兴。”在机场接受采访时，李兰娟说，这两个月武汉人民给予了援汉医疗队大力支持，对此表示衷心感谢。近 2 个月与疫情的斗争惊心动魄，武汉已经取得阶段性成果，“今后的任务还很重，我们会跟武汉人民一起继续奋斗，为彻底取得全胜而努力”。

▲ 李兰娟院士团队在天河机场

从驻地到机场，李兰娟多次驻足。有时是接受记者采访，叮嘱还要重视无症状感染者、防范疫情输入和蔓延，确保复工复产安全；有时是与当地“战友”话别，感怀近两个月的战“疫”经历；有时是与浙江同行们互动，向年轻的白衣战士们表达诚挚谢意。这一步一停，展现出的是这位七旬老人，对武汉、对湖北、对中国的牵挂。

李兰娟所在的浙大一医传染病诊治国家重点实验室，一直在进行包括抗病毒药物试验在内的多项科研工作。她说，回到浙江后，团队会继续关注武汉的疫情发展，关注新冠肺炎的救治，与人民医院共同的科研项目也将继续。

◀ 3 月 31 日，援鄂重症新冠肺炎诊治李兰娟院士国家医疗队胜利完成武汉抗疫任务，撤离武汉

第三部分

离汉回杭

院士心里一直牵挂着湖北

2020 年 4 月 8 日 0 时，尘封了 70 多天的武汉大门被重新开启，万物亟待复苏，重回烟火鼎盛。这一天，距离 1 月 23 日武汉关闭火车站等离汉通道，整整 76 天。在武汉西收费站，零点钟声一响，通道打开，车辆陆续离开武汉。长江两畔亮灯，向英雄的城市、英雄的人民致敬！武汉长江二桥灯光秀打出所有支援省市的名字，武汉用这种方式告诉大家，武汉会永远记得这份恩情。

3 月 31 日下午 2 时左右，与新冠病毒鏖战 60 天后，李兰娟院士率领的“援鄂重症新冠肺炎诊治李兰娟院士医疗队”离开武汉回到杭州。

当飞机舱门一打开，李兰娟院士第一个手捧鲜花，挥着国旗走下了飞机。她说：“大家都平安地回来了，我们与武汉结下了深厚的友谊，会时时刻刻挂念着武汉。”

李兰娟院士团队，自 2 月 1 日出发前往武汉大学人民医院东院区，连续作战 60 天。团队在李兰娟院士的带领下，以“四抗二平衡”救治策略为核心，带着人工肝、干细胞、微生态三大技术提高重症患者救治成功率，取得了阶段

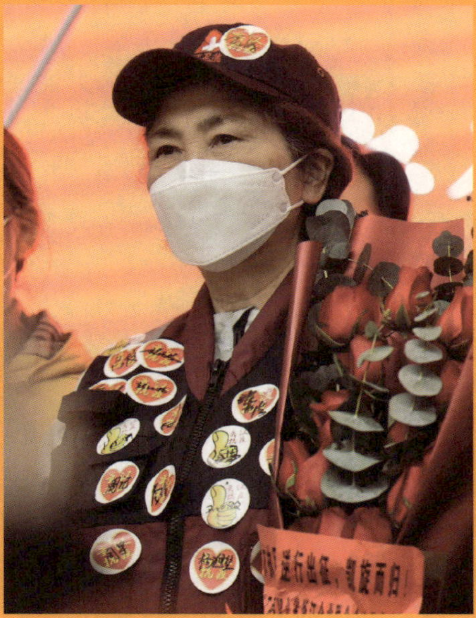

性效果，ICU 病死率显著下降，尤其处于“细胞因子风暴”早期的重症患者经人工肝治疗后，能阻断向危重症发展，大大提高了存活率。此外，李兰娟院士团队还在病原学检测、发病机制、临床救治的新技术和诊断试剂、疫苗等科研方面，进行了系列研究，取得阶段性进展；并从疫情防控与救治等方面积极建言献策。

浙大一院院长、党委副书记，援鄂医疗队的领队黄河说：“回顾在武汉的日日夜夜，我们经历了武汉最寒冷的日子，经历了武汉疫情的高发期，经历了救治患者的艰难，如今，经过全国人民的共同努力，战疫取得了阶段性胜利。我们在两家医院进行了两场战斗，一共收治患者 100 多人，做到了患者零死亡、医务人员零感染。我们见证了武汉这座英雄的城市和英雄的人民。这是一段难忘的经历，我们将会永远铭记。”

穿越人海，郑树森院士和李兰娟院士深情牵手

随着武汉疫情逐渐得到控制，全国各地管制进入尾声，一直奋战在医疗最前线的李兰娟在 3 月 31 日这天，跟随浙江援鄂医疗队返杭。

前来迎接英雄回家的大部队人声鼎沸，返航飞机一落地，大家便簇拥了上去。但在这一群手捧鲜花、肩扛摄像机的人群中，有一位身份特别的老人，虽然和其他人一样撑着伞在等待，但从他的双眼中流露出的，是跟旁人不同的期许。

◀ 支援湖北的李兰娟院士团队返回杭州，郑树森院士到机场接机

他迈着异常坚定的步伐，走上前，紧紧握住了李兰娟的手。他，就是李兰娟院士的丈夫，郑树森。

近两个月的分别，千里之外对亲人的挂念，冒着生命危险与病毒斗争的艰辛，在丈夫精心准备的“惊喜”面前，都化为了李兰娟脸上久违的笑容。

李兰娟做了两个月人民心目当中的“英雄”。但此时此刻，在丈夫面前，她不再是万众拥戴的英雄，而是被翘首以盼的妻子。

尽管我们在这场疫情中，已经见证了许多以“生命”为主题的动人爱情故事，但面对此情此景，仍旧有人说：“这对院士夫妻，让我看到了爱情最美的样子。”

和妻子李兰娟相比，郑树森也是功成名就。他不仅是中国工程院院士，也是我国著名的器官移植专家，引领着我国器官移植和肝胆胰外科学科的发展，还被称作“中国外科最好用的一把刀”。大概就是这份来自同一职业的“惺惺相惜”，给了他送妻子上战场的勇气吧。

从“赤脚医生”到大国院士的传奇人生

虽然李兰娟为中国工程院院士，但她的求学之路并不平坦。

1947 年，李兰娟出生在浙江绍兴一个普通农民家庭，父亲因患眼疾无法劳作，家中全靠母亲卖山货维持。虽然家境贫寒，但她非常争气，中考时以全市名列前茅的成绩考入了省重点高中——杭州第一中学（现在的浙江省杭州高级中学）。

高中毕业后，她想着家乡有很多人患腰背痛，于是就去省中医院学习针灸，好给乡亲们治病。

通过短短几个月的学习，李兰娟就已将经络书背得滚瓜烂熟，回乡后免费为乡亲们扎针。她回乡后被安排到一所中学做代课老师。后来，村里组建农村合作医疗，乡亲们都希望会针灸疗法的她去做合作医疗的“赤脚医生”。

渐渐地，“李老师”成了“李医生”，她的针灸在当地也小有名气。李兰娟的内心还是很矛盾的，代课老师每个月的工资是 24 元，相当于每天能有 8 毛钱，而“赤脚医生”每天只有 5 个工分，相当于 1 毛钱。收入相差甚远，家里日子又要捉襟见肘了。但出于对医学的热爱，她最终还是选择了当“赤脚医生”。而且干得红红火火。只要哪家有人生病，不管刮风下雨，不管深更半夜，她都要上门诊治。有一次，村里有产妇分娩，她甚至硬着头皮当起了临时产科医生。

◀ 1969年，当“赤脚医生”的李兰娟

1970年，大学恢复招生。因为在村民中口碑良好，李兰娟被大队推荐到浙江医科大学（现浙江大学医学院）学习。第二次读书的机会来之不易，李兰娟暗暗发誓，这辈子一定要做个好医生。为此，她也付出了比同龄人更多的努力。大学期间，她的学习成绩始终名列前茅，毕业后被分配到浙江大学医学院附属第一医院感染科工作。在这里，她终日和重症患者打交道。

20世纪80年代，全国重型肝炎病死率高达80%，很多年轻人突然患上重型肝炎，导致肝功能衰竭，常常熬不到1个月就死了。“患者家属跪在我的面前，哭喊着：‘李医生，救救我的儿子！’而我作为医生竟然束手无策，这让我很痛苦。”李兰娟说。

在目睹一个个鲜活的生命相继离世后，李兰娟下定决心，一定要解决这个问题。一个很偶然的事件让她找到了突破口。当时，医院收治了一位重症肝、肾衰竭、昏迷不醒的患者，在经过血液滤过透析等一系列治疗后，患者竟奇迹般地苏醒并渐渐康复。

“血液净化技术会不会对治疗重型肝炎有帮助呢？”受到启发的李兰娟，义无反顾地投身到肝炎治疗的难题之中。1986年她以“人工肝治疗暴发性肝炎”的课题申请了3000元的青年科研基金，展开“攻坚战”。

当年，人工肝作为一项新技术，国内外都没有现成的经验可借鉴，不少人对“人工肝治疗肝炎”这一新方法的前途表示怀疑。研究期间，科研设备换了一茬又一茬，共同做科研的同事离开了一批又一批，唯有李兰娟一直坚守在研究室。

终于在1996年，李兰娟及其团队创立出一套独特有效的人工肝支持系统。这套系统经过全国专家鉴定，被一致认为处于国内领先、国际先进水平，解决了我国肝炎治疗高病死率的难题。然而，对这样一个独创的人工肝技术，李兰娟毫无保留地向同行传授，并在全国30多个省300余家医院推广应用。自2001年起，她还每年举办一次人工肝推广班，将自己的科研成果、治疗方法无偿传授给更多医生。

如今，已有来自英、美、德、日等国家的600多名专家、教授前来浙江参观或进修，以李兰娟名字命名的“李氏人工肝系统”也成为全球医治人数最多、治疗技术最为成熟的人工肝系统。

为规范全国人工肝临床应用，李兰娟率课题组总结20余年Li-ALS临床治疗的经验，探明了人工肝的适应证、禁忌证和疗效判断标准，制订了《人工肝治疗指南》，在《中华内科杂志》《中华肝脏病杂志》《中华传染病杂志》等核心期刊发表，使我国人工肝临床应用更加标准化和规范化，为Li-ALS规范应用和质量管理奠定基础。为使更多的重型肝炎患者得到及时救治，李兰娟院士毫无保留地推广Li-ALS技术，举办了五届国际暨全国人工肝会议，12期全国人工肝推广应用学习班，主编了首部《人工肝脏》专著，有力地推动了人工肝在全国的广泛开展，成为我国人工肝的开拓者。

2005年，李兰娟当选为中国工程院院士。当同事向她表示祝贺时，她却显得非常平静淡然：“当选为院士是一份责任和使命，我的角色永远是医生。”

研发出“李氏人工肝系统”后，李兰娟继续奋战在科研一线。微生态学是一门研究正常微生物群与其宿主相互关系的学科，但随着抗生素、免疫抑制剂、放化疗、器官移植、介入治疗等各种医疗手段的广泛应用，各种危重患者的生命得以延长，对健康人不致病的人体正常菌群，在此类人群中却引起了严重的难以控制的甚至是致命的感染。可以说，感染病的防治已成为21世纪的重大课题。

李兰娟敏锐地意识到这个科学难题的重要性。早在 1994 年她对 422 例院内感染进行了微生态分析，她发现院内感染发生率最高不在感染科，而是血液科病房，其次是肾移植血液透析中心，均为内源性感染为主，药敏试验都有不同程度耐药。于是她率课题组于 1996 年起申报了细菌耐药和感染微生态等包括“973”在内的多项科研项目。经过长达 10 多年的研究，终于将微生态学理论引入感染和肝病研究领域，创建了“感染微生态”学新理论，对肝病微生态和细菌耐药进行了系列研究，提出了感染微生态防治新策略：用微生态学的理论和方法研究感染的发生、发展及转归过程，发现破坏人体微生态平衡会导致严重感染或脏器损害，改变更新了抗感染策略，提出由纯粹“杀菌”转向“杀菌”同时需“促菌”的感染微生态治疗新观念。

2002 年 10 月，李兰娟主编了首部《感染微生态学》专著，极大地促进了我国抗感染手段和策略的改变，对规范我国抗菌药物的合理应用，促进微生态制剂的产业发展发挥了重要作用。我国研究微生态的前辈康白教授，英国帝国理工大学教授、国际“代谢组学之父”尼克尔森对此著作给予了高度评价。值得一提的是，在国际上直到 2006 年，《科学》(*Science*) 才刊登论文指出“破坏微生态就是损害人类健康”一说，比李兰娟提出该理论足足晚了 4 年。

2003 年，在 SARS 严重危害人民健康的关键时刻，时任浙江省卫生厅厅长的李兰娟在当时省委的坚强领导和支持下对浙江省 SARS 防治提出并采取了一系列创新性措施，有效控制疫情蔓延，为浙江省 SARS 防治中无第二代患者、无医护人员感染做出了积极贡献，在全国起到了良好的示范带头作用。李兰娟率攻关小组，在 48 小时内检获浙江 SARS 首例患者病毒特异性核酸，率先进行每 2 天 1 次，长达 3 个月的病毒载量、抗体滴度和临床表现全程动态观察，发现了 SARS 患者潜伏期、前驱期、极期、恢复期的临床表现规律和病毒载量、抗体滴度变化与各期的相互关系规律；成功培养和分离出 SARS 病毒，完成全基因测序；研制出特异性检测 SARS 病毒基因的实时荧光核酸扩增诊断试剂并获发明专利。她还主编了《传染性非典型肺炎》专著。由于表现突出，她本人也被浙江省委、省政府授予抗击“非典”先进个人的荣誉称号。

2008 年，全国多个省市发生较大规模的手足口病疫情，严重威胁着人民生命安全。李兰娟迅速召集临床诊治和疾病控制等领域专家，在广泛收集手足口病最新研究进展的基础上，又总结自己的科研成果和临床诊治体会，及时主编《手足口病》专著并捐赠版权，由卫生部向全国免费发放，为从事该病防治的广大医疗卫生工作者提供较全面和实用的专业参考，得到了原卫生部陈竺部长的高度评价。

2008 年汶川地震发生之后，许多伤员相继发生梭菌性肌坏死情况。随着伤员向全国转移，极易使该病向全国传播，李兰娟及时主持制定了《梭菌性肌坏死（气性坏疽）诊治专家推荐意见》，由卫生部向全国发布，在指导和规范全国梭菌性肌坏死的预防、诊治工作中发挥了重要作用。在李兰娟的倡导下，浙江省开通了国内首个支援地震灾区网络医疗服务平台。随后她带领专家团队通过该平台实施网络服务平台会诊，为灾区患者提供了更及时、更高效的远程诊疗服务，受到温家宝的高度评价。

2009 年，甲型 H1N1 流感国际大流行，疫情波及数十个国家，国际国内防控形势异常严峻。李兰娟临危受命担任国家防治甲型 H1N1 流感专家委员会临床诊治组组长，她针对疫情形势，就传染病管理、发热门诊设置、临床诊断、实验室检测、医疗救治、基层防控、检验检疫和舆论引导等方面提出了重要的意见和建议，并参与了卫生部《甲型 H1N1 流感诊疗方案》的编写和制定工作，得到了卫生部领导的肯定。

李兰娟在担任浙江省卫生厅厅长期间，正是习近平任浙江省委书记，她铭记了习近平总书记的谆谆教导和浙江省委作出决定“要建设卫生强省”；一次她随同习近平总书记去新疆考察，习近平总书记语重心长地说：李兰娟，一定要加强基层卫生工作。她努力落实习近平总书记指示，不断创新工作思路，提出许多具有前瞻性的新的管理理念，得到国家和省领导的肯定。她一直非常重视公共卫生和农民的健康问题，浙江省通过一系列“卫生强省”具体措施的实施和开展，连续多年的主要健康指标均领先全国。她系统提出社区卫生服务要实行“五个转变”和“四个化”，即社区责任医生要转变服务功能、转变服务模式、转变知识结构、转变运行机制和转变投入机制，实现服务网络化、责任网格化、管理一体化和信息现代化的工作要求。

服务功能由单纯医疗服务向公共卫生和基本医疗转变；服务模式从坐等患者转向进村入户上门服务，从间断的医疗服务转向连续的健康服务；知识结构从掌握单科医学知识转向全科医学知识；运行机制上实行定岗、定编、竞聘上岗、全员聘用、岗位管理、绩效考核等方式，强化责任医师的职责和服务意识；投入机制从“以药补医、以医养防”转向由政府保障社区卫生经费，从而实现“户户拥有社区责任医生，人人享有基本卫生保健”的工作目标。浙江省在全国率先提出并实施了包括农民健康工程、社区健康促进工程和公共卫生建设工程等在内的卫生强省建设“六大工程”。城乡同步开展社区卫生服务，为每 1500 ～ 2000 个城乡居民设 1 位社区责任医生和责任护士，提供上门医疗保健服务，为农民每 2 年提供 1 次免费的健康体检，建立健康档案，为让农民“无病早预防、小病早发现、有病早治疗”做出积极贡献，以实际行动践行着心系百姓、执政为民的理念。

2010 年，李兰娟又提出了“健康面对面”行动计划，倡导建立全民电子健康档案，统一卫生信息标准，互联互通、共享信息，为实现数字卫生、健康中国而努力。

医学是一门严谨的科学。从医生到院士，李兰娟走过了一条漫长而艰辛的路。熟悉她的同事这样说：不论上班下班，不管节假双休，她都在拼命工作，医疗、教学、科研、管理，她每天都忙得像绷紧的弦。她思路严谨、敏锐，不仅领衔设计创新性课题，而且很多具体工作都要亲力亲为。在从事管理工作的同时，她始终未放弃专业上的追求。面对有限的时间和做不完的工作，她只有加倍地付出，工作占据了她整个生活，睡眠时间也一减再减，甚至通宵达旦。春节期间也常常带研究生做动物实验，同事亲朋只好隔着实验室的玻璃窗向她拜年。这些年来，在李兰娟的生活中已经没有了休假和节日的概念，除了每天 6 小时睡眠以外，她把其他的时间全都奉献给了工作。时间对她来说比什么都珍贵，她“不敢有一丝一毫的浪费”。

一位跟随李兰娟多年的研究生告诉记者：“李老师有超前的思维和创新的理念，工作节奏很快，快得让人赶不上，和李老师一起工作，有时候觉得很“苦”，但是仔细想想又觉得很“值”。当我们在李老师带领下一步一个脚印地做出成绩来的时候，我们和李老师一起分享了幸福。”问起李院士的爱好，她的同事告诉记者：“李院士没有什么爱好，她唯一的爱好就是工作。”

有人问李院士这样的生活是不是太苦、太枯燥，生活质量不高，而她并没有觉得，她的精力从心中来，来源于对患者、对事业、对党和人民的爱。李兰娟院士总是常怀感恩之心说：“我要感谢党和人民对我的哺育之恩，在我求学的路上，国家不仅免了我的学费、书费，还发给我生活费，让我有机会就学并成长为一名教授、博导、院士和国家干部。我要感谢培养我的各位恩师对我无私的关心和帮助，他们不仅用宝贵的知识财富奠定我事业发展的基础，更教会我如何做人。我要感谢我身边的科研和管理两个团队给予我的全力支持和帮助，共同克服很多困难，取得事业的成功。我感恩我的母亲，她虽然没有文化，但她勤劳、善良、乐于助人，她以朴实无华的言行教给我老实做人、认真做事、刻苦勤奋、严于律己、宽以待人的道理。她曾经几十年如一日承担所有的家务劳动，使我能全身心地投入工作，没有后顾之忧。现在，我唯有勤奋工作、尽心尽责、关爱患者、奉献社会，才能不辜负所有给我支持帮助的人，才能报答党和人民的哺育之恩。”

曾有记者向李兰娟提出 3 个问题。

一问：“幸福是什么？”

李兰娟：“对一个医生来说，幸福就是看着一个个患者恢复健康。”

二问：“科学家精神是什么？”

李兰娟：“严谨求实，开拓创新，勇攀高峰。”

三问：“院士的核心价值观是什么？”

李兰娟：“不断攻克科学难题，救死扶伤造福人民。”

也许对李兰娟来说，无论医生还是院士，从披上白大褂的那一刻起，挽救患者生命就已成为她一生的职责。把患者治好，才是她从医生涯里最坚定的信念。

李兰娟科研硕果累累，国家科技进步奖二等奖、一等奖、特等奖。

但诸多荣誉，李兰娟并不是很看重，“成为治病救人的医生”是李兰娟院士未曾停下脚步的初衷。从“赤脚医生”到“国之脊梁”，她选择了一份挚爱，诠释了一份坚守，扛起了一份责任；从抗击“非典”到迎战新冠肺炎，她和身边的医护工作者夜以继日地坚守一线、分析症状、寻觅良方。岗位不同，角色不同，所承担的责任也就有所不同，但李兰娟院士在工作中展现出的干劲、拼劲和韧劲，是每一位攻坚克难者必须具备的基本品质。特别是在这场疫情防控的“大考”中，只有锤炼真干实干的作风，持续用力、久久为功，才能交出一份让党和人民满意的合格答卷。

6个“最”袒露真性情

中国工程院院士、人工肝的开拓者、感染微生态学领域的开辟者、传染病学的领军人物……在旁人眼里，李兰娟身上有诸多令人羡慕的光环。而她却表示，对命运的感激、对工作的执着、对患者的温情、对家人的愧疚，才是最想让别人看到的。

最感恩的事：助学金圆学医梦。

李兰娟从小家境贫寒。初二那年正逢困难时期，班里6个靠助学金读书的同学全部被召回家务农。看着眼泪大滴大滴往下掉的她，老师说：“我同意你请假回家帮忙1个月，1个月后就回来！”老师的鼓励，再加上助学金的资助，李兰娟得以按时返校。依靠助学金，李兰娟从初中、高中一直到读完大学。

最快乐的感觉：看到患者康复时的微笑。

“我最喜欢的职业就是当医生，帮助患者战胜死亡，重获生命的美好。”从医40多年，经她的手治愈的患者无数。李兰娟说，当患者痊愈、笑容满面地表示感谢的时候，便是她最快乐的时光。

最难忘的一天：非典疫情，疫情习近平总书记的5条指示。

2003年4月19日，浙江首次报告出现SARS确诊病例。时任省卫生厅厅长的李兰娟火速赶往病房。了解情况后，立即向时任省委书记习近平书记汇报，习近平书记给了5条指令，抓紧确认病症；全力抢救病人；果敢采取严格的隔离、留院、消毒等措施；全面启动应急预案；疫情确认后，迅速上报并及时对外公布。根据习近平书记紧急指示，李兰娟连夜制订工作方案并执行，按照传染病防治法采取了5条措施：一是立刻将患者转移到专业的传染病医院隔离治疗；二是找到所有与患者有过接触的人并予以隔离；三是研究人员连夜采样，对 SARS 进行深入的病原分析和研究。四是向社会公开李兰娟顶着压力，连夜给卫生部部长打电话说明情况，获得支持。五是向社会公开。短短一夜，所有接触者全部找到，1000 多人全部隔离，浙江没有出现二代病人，没有医务人员感染。

最想感谢的人：106 岁的母亲。

一辈子当女儿的“内当家”，直到 99 岁还在操持家务，两次在家摔骨折，这就是李兰娟已经 106 岁的母亲。“我母亲对我付出的远比我为她付出的多得多。”李兰娟最想感谢的就是自己的母亲。

最愧疚的人：孩子。

李兰娟自责不是一个好母亲。她没有时间照看两个儿子，从没给他们过过生日，甚至连孩子的班主任都不认识。“我错过了太多陪伴他们一起成长的时间。”李兰娟遗憾地说。

最希望实现的事：让自己的学生超越自己。

李兰娟和学生在一起的时间，远远超过自己的丈夫和儿子。作为一名博士生导师，她倾其所学，传道授业解惑。“我现在拼命地培养学生，希望他们能尽早挑起担子，把科研做得更好，把实验室建设得更好。”

隔离休整的李兰娟在干什么？

第一批援鄂抗击新冠肺炎医疗队由李兰娟带队，从 2 月 1 日起出发驰援武汉直至 3 月 31 日返杭。大家都有千言万语想要交流。

李兰娟简单分享了这 60 天的抗疫历程，她说：“这是一次惊心动魄的战斗，疫情是我们共同的敌人！我们的‘四抗二平衡’救治策略，以及人工肝、干细胞、微生态三大技术提高重症患者救治成功率，完成了降低重型、危重型患者病亡率的主要目标。团队关于重型新冠肺炎患者的临床救治经验和研究成果，已经写入了国家诊疗方案。我们的团队展示了浙江医护人员的精神风貌和能力水平，个个都是好样的，没有一个掉队！”

汤灵玲：“在前线抗疫的这段时间里，得到了后方大家庭的关心和照顾，尤其是在初抵武汉物资缺乏的那段时期，是大后方源源不断的支援让我们能够继续前行。团队表现出了高效的凝聚力和战斗力，取得了瞩目的成绩，内心非常满足。”

朱梦飞：“在这 60 天里，我最大的感受就是来自集体的关爱，让我心中倍添勇气。特别是跟随李兰娟院士一同抗疫的这段经历，近距离感受她全力以赴拯救患者的医者精神，对我是莫大的鼓励和引领，这种精神将使我一生受益。”

张园园：“在武汉这段时间的工作强度超乎我想象，连续工作好几个小时，护具眼罩压得我额头、鼻梁好痛，第二天还没恢复就又要穿戴上。但是我不是一个人在战斗，我和武汉的以及来支援武汉的医护工作者一同努力，提升护理质量，挽救患者，这种使命感是我坚持下去最大的动力！”

刘元春是援鄂重症新冠肺炎诊治李兰娟院士医疗队中年纪最小的，为了配合人工肝治疗，瘦弱的她，穿戴着闷热的防护服，在重症监护室里一待就是七八个小时。正因为她的突出表现，她被国家三部委联合授予“全国卫生健康系统新冠肺炎疫情防控工作先进个人”称号。她腼腆地说，这次跟随李兰娟院士在武汉一线抗疫的经历，将成为她人生中一次特殊的记忆。“印象最深刻的一次，李院士在和大家讨论制定诊疗方案的时候，反复强调一定要将患者救回来，这种信念和动力一直支撑着大家。而在生活中，李院士又非常亲切，时常关心照顾大家，团队在一起非常有干劲！”

闲不下来的李兰娟，即使在隔离休整期间，每天的日程也是满满当当。正如她自己所说：“我认为工作才是美丽的，能够为抗击疫情，为挽救患者生命做出贡献才是最大的快乐！”

“回到杭州一方面要恢复原来的各项工作，包括医疗的、门诊的、查房的，同时新冠的科研工作继续加大力度，还要继续关注我们国家的疫情，尤其是国外的疫情，对国际的同行，介绍我们中国的技术、中国的经验，这也是义不容辞。”李兰娟把隔离后的工作都安排好了。

◀ 李兰娟每天仍然关心武汉的疫情防控，指导一线救治及实验室工作

◀ 抗疫经验国际分享

◀ 李兰娟录制防疫科普视频，消除公众疑惑

院士勉励少年努力成长为祖国栋梁

受疫情影响，中小学生都经历了一个特别的寒假，镇江实验学校一（11）班李政亦小朋友也不例外。她每天除了上网课和必要的运动外，还经常看新闻节目，和大人们一起关注疫情的变化。她喜欢看央视四频道钟南山院士、李兰娟院士和专家们普及的防疫知识，特别崇拜李兰娟奶奶。

有一天，李政亦对妈妈说："妈妈，我太爱李奶奶了，我要做一份礼物送给李奶奶，感谢她救武汉的患者。"妈妈买来了她需要的卡纸、贺卡，李政亦经过几天精心的制作，做好了礼物，还写了一封感谢信。在妈妈的帮助下，李政亦给李奶奶准备的礼物和感谢信顺利寄出。

李兰娟收到她的礼物和感谢信后，在百忙之中还寄来了回信。4月9日，李政亦小朋友在收到李兰娟奶奶给她的回信后非常开心。李奶奶言语间充满慈爱和关心，她鼓励李政亦要好好学习，天天向上，在祖国的大花园里健康成长，长大做祖国的栋梁。李政亦在心里定下目标："我一定要好好学习，长大像李奶奶一样当个医生、科学家，为患者治病！"

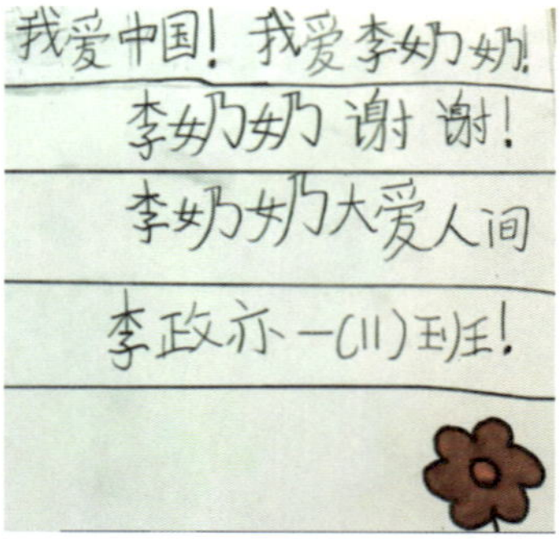
我爱中国！我爱李奶奶！
李奶奶谢谢！
李奶奶大爱人间
李政亦一(11)班！

▲ 李政亦写给李兰娟奶奶的信

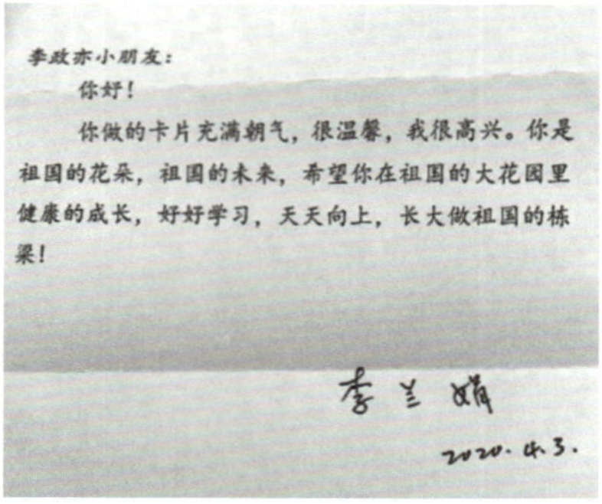
李政亦小朋友：
你好！
你做的卡片充满朝气，很温馨，我很高兴。你是祖国的花朵，祖国的未来，希望你在祖国的大花园里健康的成长，好好学习，天天向上，长大做祖国的栋梁！
李兰娟
2020.4.3.

▲ 李兰娟给李政亦小朋友的回信

除了李政亦，广西、郑州的孩子们也都收到了李兰娟的回信。

“今天超开心！李奶奶给我们回信啦！”5月18日一整天，郑州市中原区伊河路小学少先队员许安喆都沉浸在幸福里。他口中的李奶奶就是李兰娟。

“疫情就是课堂，奶奶希望你们敬畏生命、崇尚科学、保护环境、锻炼身体，扎扎实实地学习、健健康康地成长。”许安喆认真地把信一字一句读给老师、同学和家人听。原来，在开学前，许安喆了解到疫情防控期间李奶奶赴武汉抗疫一线救治患者，并率领科研团队开展相关研究的事迹后，深受触动。给偶像李奶奶写封信的念头，在这个“小粉丝”心里诞生了。

“妈妈看到您出现在电视上，会不停告诉我，这位已经73岁的奶奶叫李兰娟，她是专门与传染病战斗的专家”“老师在上网课的时候也告诉我们，您是真正的英雄”……在辅导员和老师的帮助下，许安喆用稚嫩的笔触表达着对一线“战士”崇高的敬意。

这封信在5月11日送到了李兰娟手中，很快便有了回音。“从来信中，我感受到了当代中国的少先队员们对抗疫必胜的勇气和对未来人生的规划，你们朝气蓬勃，展现了向上向善的精神风貌，这让我深深感动。”李兰娟写道。她回顾了在武汉60天与全体医务人员并肩战斗的经历，赞扬了抗疫一线工作者公而忘私、英勇无畏、攻坚克难的精神，勉励少先队员“在前进的道路上策马扬鞭，让自己成长为祖国未来发展的栋梁”。

李院士的动向牵动着全国人民的心，孩子们的信只是其中的一小部分，全国各地人民的信件，带着最为诚挚的祝福与关心，向杭州涌来。许许多多的普通市民，语言虽质朴，但字里行间，对于医者由衷的敬佩，力透纸背。

李兰娟告诉记者：“在安吉隔离疗养期间，我读了很多信件，也回了很多信件。”

她在给广东省中山市沙溪初级中学学生的一封回信中这样写道：“你们在信中写到了对未来的畅想，希望以这些‘最美逆行者’为榜样，好好学习，真是让人高兴欣慰。疫情就是课堂，奶奶希望你们学会敬畏生命、尊崇科学、保护环境、锻炼身体，在前进的道路上策马扬鞭，让自己成长为国之栋梁！”

李兰娟说：“每一封信的讲述，都是满满的感动。全国人民都这样支持我们医护人员，我们一起众志成城打赢疫情阻击战。这一封封信件，就是‘打赢人民战争必须依靠群众’的最好佐证。我和我的团队也从中汲取力量，奋力夺取疫情防控和实现经济社会发展目标‘双胜利’，携手并肩迈向充满希望的明天。”

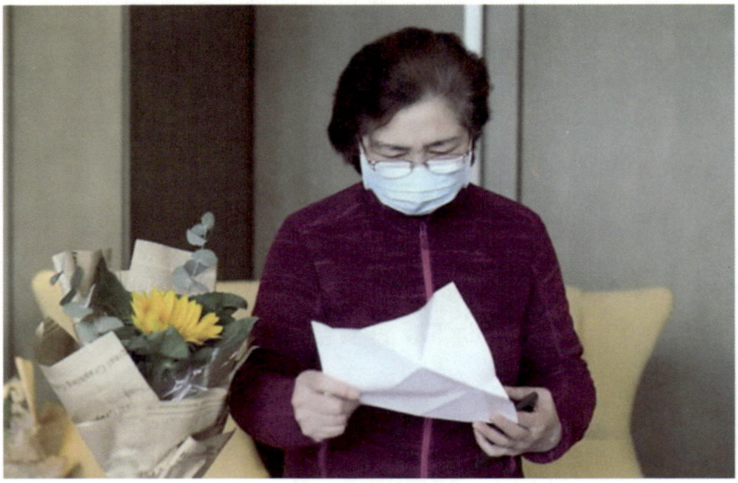

◀ 阅读并回复中小学生的来信

附：

李兰娟隔离期间给全国中小学生的一封信

敬畏生命　砥砺品德

亲爱的孩子们：

你们好，很高兴在这个春暖花开的季节，收到了来自北京、浙江、河北、广西、广东等地的中小学生来信。你们的字迹工整、行文优美，字里行间透露出真情实感，图画很有创意，特别是看到大家为我们的一线医生护士们加油，我很感动！

我从2月2日到达武汉，和武汉的医务人员一起抗击新冠疫情，直至3月31日圆满完成援鄂任务返回杭州。在这惊心动魄的60天时间里，我与一线英勇奋战的广大医务人员一道，迎“疫”而上，无所畏惧，和病毒抗争，与死神赛跑，想要挽救更多患者的生命，这都源于我们拥有一个“救死扶伤”的医者梦想和内心的使命召唤。

2020年的清明节，我与浙江援鄂医疗队的成员们在隔离点向抗击疫情斗争牺牲烈士和逝世同胞志哀送行。敬畏生命寄托哀思，我们应牢牢铭记住这些为国家和人民献身的英雄，他们之中有以大爱诠释医者仁心的白衣战士，有坚守一线的公安干警，还有用爱心与使命守护家园的基层社区工作者。缅怀是为了坚守，铭记是为了继承，愿逝者安息，生者奋进！

同学们，从你们的信件中，我感受到了你们朝气蓬勃、富有理想的精神面貌，你们在信中表示，希望以这些“最美逆行者”为榜样，好好学习，真是让人高兴欣慰。

疫情就是课堂，奶奶希望你们学会敬畏生命、尊崇科学、砥砺品德，陶冶情操、刻苦学习、全面发展，在前进的道路上策马扬鞭，让自己成长为祖国未来发展的国之栋梁！

愿你们青春正好、不负韶华，每个人都能成就梦想。

孩子们加油！中国加油！

李兰娟奶奶

2020 年 4 月 10 日

4 月 29 日，由全国少工委主办，共青团浙江省委、浙江省少工委和浙江少儿频道承办的“少先队开学第一课”面向全国少先队员推出，李兰娟亲自给孩子们上了“开学第一课”。

◀ 李兰娟和孩子们在一起

李兰娟的“开学第一课”从人类与传染病的斗争史开始讲起，她告诉同学们，人类应对传染病最好的方法就是控制传染源、切断传播途径、保护易感人群。她讲述了疫情抗击中的“中国力量”、“中国精神”和“中国速度”，讲述了心怀大爱的医务工作者如何救死扶伤、用行动展示仁心仁术的崇高精神，还介绍了她的团队日夜守护，最终奇迹般地救回战友的故事。

“开学第一课”上，李兰娟还和同学们回忆自己当年加入少先队时的情景，她分享感悟与体会，并与少先队员们互动。当天，有 150 万名家长和学生收看了李兰娟院士的直播。

少年强则国强，少年是祖国的未来，李兰娟对孩子们寄予了太多的期许。

“社会上到处都有科学难题，只要你善于思考研究、坚持不懈。希望你们从小开始，培养爱科学、爱钻研的品质，善于问‘为什么’。”5 月 28 日，在杭州崇文实验学校，著名感染学专家、中国工程院院士李兰娟如此勉励学生。

当天，“崇文实验学校 2020 小海燕创新研究室成果发布会”在浙江杭州举行。“创新研究室”是崇文实验学校为有研究兴趣和能力的学生定制的个性化课程，每年学生都会基于研究，在校内发表科学小论文。此次是该校第四届成果发布会，共评选出 14 项杰出成果奖、47 项提名成果奖和 41 项入围成果奖。李兰娟是这场发布会的特邀嘉宾，也是颁奖人。

发布会上，该校六年级学生朱李扬凭《智能升降环保小便池》获得李兰娟“善于发现、思考、钻研与探究”的评价。这是一款智能感应外加螺杆自动升降的小便池，能自动判断使用者高矮情况，并通过超声波安全区域监测，提醒使用者在安全距离使用。起因是朱李扬发现公共厕所中，由于小便池太高，小朋友使用不方便。

为此，他查看了商场、学校、单位的 50 个男厕小便池，采访了 120 名高个 (180 厘米及以上) 和矮个 (120 厘米及以下) 男性，发现 70% 的小便池是一种高度，只有 30% 的男性认为小便池高度合适。

“为了做好这一项小发明，我每天花 4 小时学习编程，正式完工前，失败了 20 多次。”朱李扬说。

同朱李扬一样，该校五年级学生贾苏驰的《基于数学模型的“新冠”疫情分析》也被评选为杰出成果奖。

“看完两位小朋友的研究成果，我非常感动。”李兰娟说，她在学生身上看到了善于发现、善于思考、善于钻研、善于探究的精神，这也是科学家的精神。

她希望孩子们从小爱科学，从小爱钻研，善于问“为什么”，善于探索新事物。“科学研究中遇到困难是常事，但只有善于思考，坚持不懈，才能勇挑重担。”

专访李兰娟：戴不戴口罩要因地制宜

2020 年 4 月 15 日，李兰娟解除隔离后第一天就投入高强度工作，深夜才离开办公室。

“抗疫工作已进入常态化，虽然还是忙，但心态轻松一点了，因为我们取得了阶段性胜利。”李兰娟坦言，“去武汉时我是有思想准备的——可能被感染，带了些抗病毒的药，万一感染就尽早治疗。但作为传染病科的医生，为了救治患者，我们总是要冒这个风险。好在最后我们胜利了，浙江做到了医务人员零感染，这让我很开心，也很激动。”

4 月 16 日，参加中国、新加坡两国专家对话新冠肺炎“阻击战”的视频连线访谈时，李兰娟面对电脑摘下了口罩。

“这个会议室比较大，里面的几个人都经过检测体温、查验绿码，是健康的，互相之间也保持了足够的安全距离，那我可以除去口罩。”她说，但在来往人员很多的公共场所就必须戴上口罩，“戴不戴口罩这个问题，现在还不能麻痹大意，要因地制宜，根据具体情况来定。”

她还表示，有几种药物，包括中药，对治疗新冠肺炎有效，“在感染早期使用抗病毒药物，发展成重症的可能性相对较低，我们还需要继续发现、总结有效药物”。

4 月 16 日，为促进疫情防控经验的国际交流，澎湃新闻与新加坡《联合早报》共同举办“中新专家对话新冠‘阻击战’”视频连线访谈节目，邀请李兰娟，上海新冠肺炎医疗救治专家组组长、复旦大学附属华山医院感染科主任张文宏教授，新加坡国家传染病中心临床主任苏安・华素（Shawn Vasoo），新加坡伊丽莎白诺维娜医院传染病专科医生梁浩楠四名顶尖专家，解码两国的防疫经验，探讨全球抗疫启示。

连线结束后，李兰娟接受了采访。李兰娟表示，武汉已经解封，国内疫情已基本控制，现在的任务是“内防反弹、外防输入”，外防输入的形势还相当严峻。“这也是我近期一直关注的问题，怎样针对可能的输入做好应对。只有全球疫情控制了，中国才是安全的，只要有别的国家没有控制住，就还存在输入的可能。”

她认为，在严防输入的同时，我国的疫苗研发也要继续加大力度、加快进度，“等疫苗出来，再结合防控措施，即使有输入病例也不太可怕”。

全国很多地方已经或将要开学复课，学校对每个学生的健康状况、对外接触史都应该摸清楚，保持校园干净。李兰娟提醒，同时加强通风、消毒，引导学生勤洗手、保持清洁，不要让外界健康情况不明的人士进入校园，“学生在上下学途中也要注意，不要到人多的地方聚集。现在对境外人员进行严格的隔离，社会上总体是安全的，但也不能大意”。

只要患者需要，再忙也愿意

李兰娟虽年逾七旬，但她始终将患者的需求放在第一位，几乎大部分周末她都在病房里。同事们都叫她“超人”院士。

2020 年 5 月 16 日，正值周末，下午 4 时 30 分许，一个熟悉的身影出现在福建省晋江市医院 12 楼会议室，众人随之报以热烈的掌声，她就是李兰娟。

带领团队两赴武汉，深入临床一线连续作战 60 天；危急时刻挺身而出，积极建言献策……当前，国内疫情逐步得到控制，而国外疫情仍在蔓延，这位年逾七旬的老人带着她惊心动魄的战“疫”经历，出现在上海合作组织医院联盟抗疫国际远程研讨会晋江分会场上，向世界分享中国抗疫经验。

“印度正值抗疫关键时期，非常需要中国的抗疫经验。”印方会议代表、印度儿童胃肠病学会主席巴里瓦・托马尔说。

“希望您介绍一下中国在抗击新冠疫情过程中，如何加强公共区域防护措施的成功经验；提高新冠肺炎病例的诊断成功率，中国同行又采取了哪些相应措施……”与会的澳大利亚、以色列、俄罗斯等国专家，分别就本国疫情现状及防控对策发言并积极提问、交流。

“中国最关键的抗疫经验就是习近平总书记提出的严格落实‘四早’措施，即早发现、早诊断、早隔离、早治疗，尤其是要应收尽收、应治尽治，才能控制传染源。”研讨会上，李兰娟言辞恳切地说，全国多部门统一联防联控是及时大规模发现传染源、切断传播途径的重要措施；同时，根据各地暴发情况，应用大数据进行可能传染源的追踪，在政府层面统一制定防控策略等。

“与会各国代表对李院士的发言评价非常高，认为中国成功的抗疫经验全面系统地阐述了新冠肺炎的预防、治疗等，对当前严峻的国际抗疫形势非常有指导意义！”世界卫生组织驻华代表高力博士说。

时针拨回至16日上午9时许，前一天还在浙江杭州指导工作的李兰娟已出现在福建晋江市卫健系统“院士大讲坛”上做抗疫经验报告。她分享了一些科学救治、从死亡线上拉回重症患者的经历。“有些患者治愈出院时，对我们医护人员十分感激，一直鞠躬致谢，我也赶紧鞠躬回去。患者的感激之情，是对医疗人员最大的安慰。”

“要对因治疗，他需要戒酒并且长期服用抗病毒药物……”16日下午2时许，短暂休息后，李兰娟院士又转战晋江市医院，为几例疑难病例送去了“良方”。原来，一名42岁的晋江市本地男患者诊断出混合性肝硬化（乙肝合并酒精）失代偿期、消化道出血、重度贫血等多项疾病，她对下一步的治疗方案提出9条建议。

跨国抗疫远程视频结束时已是日暮，李兰娟院士一天的工作仍未结束。晚饭后，她步履匆匆，赶赴深圳。

从晨光熹微到繁星满空，这是李兰娟工作的常态。在疫情防控的严峻时期，她曾每日只睡3小时，却依然精神饱满地工作在一线。大家担心她，她总笑着说：“没有问题，我身体蛮好的。”

李兰娟太拼了，这样的工作节奏，她早已习惯。

高甜！李兰娟为 100 对战疫新人证婚

“打赢这场仗，我们就结婚……”2020 年 5 月 20 日，百对战疫新人云婚礼豪华嘉宾阵容揭晓，黄旭华、李兰娟为百对战疫新人证婚。2020.05.20 在这个“3 倍爱你”的特殊日子，全中国共同见证那些拼命守护中国的白衣天使们的幸福！

中国工程院院士、“共和国勋章”获得者黄旭华，中国工程院院士李兰娟担任证婚人……

5 月 20 日 11 时 30 分，《人民日报》新媒体“疫往情深　共同见证”百对战“疫”新人云集体婚礼落下帷幕。在这个被网友称为“年内最盛大、最有意义的婚礼”现场，河南省永城市公安局酂阳派出所民警苏士成与妻子曾亚丽就是其中幸福的一对。

2020 年 5 月 20 日，《人民日报》新媒体联合全国公安新媒体矩阵、《中国家庭报》等平台发起“疫往情深　共同见证——百对战‘疫’新人云集体婚礼”系列活动，面向疫情期间奋斗在一线的医务工作者、公安民警、前线记者、快递员、社区服务人员、志愿者等，征集 100 对参与抗疫工作的准新人、新婚夫妻，在 5 月 20 日当天以线上直播的方式为他们举办一场云集体婚礼。

“云婚礼”前夕，抗疫新人们还对各自的爱人隔空“云告白”。

5 月 20 日 10 时整，《人民日报》客户端已经有 442 万余名网友在线等待观看“云婚礼”直播。

黄旭华为新人证婚时说：“感谢你们，为抗击疫情做出的贡献。你们共同参与，相互支撑的故事让人动容。我在此，诚挚地祝福百对新人白头偕老，幸福一生。”

李兰娟为新人证婚时说：“今天，你们是最美的女人和最帅的男人，从今天起，你们不再是一个人在战斗，身边多了一个伴侣，也是多了一个战友，跟伴侣一起迎接更加美好的生活，跟战友一起，为守护这份美好，并肩战斗。”一句句祝福无不鼓舞新婚佳人，这里的100对新人是一种象征，更是一种代表，诉说着明天的美好，也是代表着千千万万对新人的幸福。

武汉是安全的，武汉人民也是安全的

6 月 2 日，李兰娟通过视频连线的方式接受媒体采访。“武汉是安全的，武汉人民也是安全的。”李兰娟说，此次武汉市集中为近 990 万人进行核酸检测，加上之前已做过检测的人员，累计共有 1090.9 万人做过核酸检测。“除去 6 岁以下儿童人数，武汉市核酸检测做到了全覆盖，这在全世界都是极为罕见的。这不仅表明了武汉疫情防控决战决胜的信心和决心，也为其他城市的疫情防控提供了借鉴。”

李兰娟说，无症状感染者检出率仅为 3/100000，说明武汉市无症状感染者在全人群的占比极低，加上已发现的所有无症状感染者均已隔离观察，平时再遇到无症状感染者的概率就小之又小。此外，对 106 名无症状感染者的痰液和咽拭子样本进行病毒培养，均未培养出“活病毒”；这次排查出的无症状感染者无一例转确诊；其密切接触者核酸检测结果均为阴性，这次排查没有发现无症状感染者传染他人情况。从分布来看，武汉市未筛查出无症状感染者的小区占比近 97%，比例非常高。

6 月 1 日，武汉市疾控中心对武汉市自来水、生活污水、出租车、公交车、地铁车厢及车站、商场、餐厅、公园等采集擦拭样，并采集了部分宠物的样本，共 2314 份样品，检测结果均为阴性。

李兰娟说，这四组数据充分说明，武汉是安全的，武汉人也是安全的。

李兰娟在连线中还提到，武汉的一些朋友告诉她，他们去外地还要被隔离 14 天，有一种被歧视的感觉；还有的说，绿码到了外地就变成黄码。她介绍，自己前天从武汉回来，也要做核酸检测。

李兰娟认为，现在武汉的核酸检测几乎都已经做到了全覆盖，即使是无症状感染者已经都隔离了，所以武汉的人是健康的，武汉人的绿码大家应该承认。

李兰娟介绍，自己前两天第三次进武汉对武汉千万人检测情况进行了调研，根据以上数据武汉是安全的，她到武汉来一点顾虑都没有。也欣喜地看到，武汉市民的学习工作和生活已全面恢复，武汉这座城市已基本回归到正常，她希望大家都能相信检测结果和武汉的绿码，跟全国各地其他城市一样一视同仁。她觉得，这是对武汉人民抗疫做出巨大贡献最好的感谢和最大的支持！

◀ 湖北健康码

十六字寄语，未来的白衣天使永生难忘

每年夏天，都会有一批医学院的学生告别校园，走上白衣天使的工作岗位。新冠疫情，让2020年的毕业生们的毕业典礼无法像往年一样正常进行，但这也给了这些“小天使们”一次终生难忘的回忆。7月5日，国家卫生健康委“健康中国”新媒体，召集了6所全国重点医学院校的毕业生们，献给了全国医学生一场终生难忘的“毕业云典礼”。

上午9点半，“健康中国”平台举办的这场云端毕业典礼正式开始。屏幕上的一条短视频，展现了新一代医学生学习、成长的点点滴滴。当李兰娟向毕业生发来线上祝福时，毕业生们轰动了。

李兰娟在视频中对毕业生说：“在特殊的时期，你们完成线上网络毕业答辩，开启云端求职，以一系列不同以往的方式完成了自己的学生生涯，也与全国人民一起见证并参与了众志成城、万众一心、共克时艰的战疫历程。这样一种特别的经历，为你们今后的人生留下宝贵的财富，使你们对人类的未来、人民的福祉、人生的方向有更加深刻的认识、思考和感悟，这将使你们受益终身。”

她说，科学难题的攻克需要开拓创新的精神。年轻人要有坚定的理想信念，练就过硬的本领，勇于创新创造，在国家和民族需要的时候，要有挺身而出的勇气和担当，要有逆风而上的胆量和能力，保护民族，守卫家园，照亮他人，温暖社会、闪耀世界。

最后，李兰娟送给了毕业生十六字寄语：严谨求实，开拓创新，勇攀高峰，造福人类。

这场毕业典礼由北京大学医学部、武汉大学医学部、浙江大学医学院等

6 所医学院校发起。这些院校的校长、主任也向即将离开校园的毕业生送来了祝福。

李兰娟表示，2020 年的新冠疫情，让“顺利”这两个字具有了特别的含义。经历狂风骤雨，我们才更珍惜风和日丽。

▲ 李兰娟给毕业生十六字寄语

她说：“在这个时代，我们一定要树立人类命运共同体的认知。为他人谋福祉，是每个人应有的使命与责任。不管是在生活中还是事业上，大到时代局势，小到他人情绪，有很多的外部变化和环境因素，是我们所无法选择的。我们可以选择的，是自己应对的方法，去选择在每一个人生路口，要做出怎样的决定，以及如何勇敢地前行。”

李兰娟作为一位医德高尚、医术高明的老前辈，她对后辈们的拳拳之心和期望，让无数即将披上白衣天使战袍的学子们感动得热泪盈眶。

图书在版编目（CIP）数据

最美逆行者：李兰娟院士援鄂全纪录 / 尹立等编著 . —武汉：湖北科学技术出版社，2023.8

ISBN 978-7-5706-2097-5

Ⅰ. ①最… Ⅱ. ①尹… Ⅲ. ①纪实文学—作品集—中国—当代 Ⅳ. ① I25

中国国家版本馆 CIP 数据核字（2023）第 030425 号

责任编辑：王小芳　　魏　珩
责任校对：陈横宇　　　　封面设计：胡　博

出版发行：湖北科学技术出版社
地　　址：武汉市雄楚大街 268 号（湖北出版文化城 B 座 13—14 层）
电　　话：027-87679468　　　　邮　　编：430070

印　　刷：武汉雅美高印刷有限公司　　　　邮　　编：430024

787×1092　　1/16　　11 印张　　300 千字
2023 年 8 月第 1 版　　2023 年 8 月第 1 次印刷
定　　价：88.00 元
